Pieles

Pieles

Ana Lÿdia Fontánez Dávila

Editorial
La Arboleda Azul

Dedicatoria

Dedico este libro a las personas que siempre me han apoyado. A mis padres, Lydia y Félix, quienes me enseñaron el valor de las pequeñas cosas y a respetar a las demás personas sin condiciones. A mi hermano, que siempre celebró mis logros y ahora me cuida desde el cielo. También a mi hija, a mis hermanas, mi familia y amistades más cercanas (que también son mi familia). A ustedes dedico el producto de mi inspiración.

Tabla de contenido

Agradecimientos

Primeramente, agradezco a Dios, quien me concedió el maravilloso don de la escritura y la oportunidad de aprender más sobre ello. A todas las personas, familia y amistades, que desde el inicio me motivaron a continuar escribiendo y publicar, gracias por su apoyo incondicional. Un agradecimiento especial a mi guía, mi mentor en este proyecto, el escritor y profesor Juan Carlos "Jotacé" López. A Giselle, mi lectora cero y mi apoyo en cada proyecto, además de aportar valiosas ideas para la portada. Gracias a mi hija Geriannie, quien me escuchó todas las veces que quise leerle para que me comentara (y lloró conmigo), además de crear los hermosos dibujos que acompañan a cada historia y captan su esencia. Desde mi ser ¡gracias a todos!

Ana Lydia

Prólogo

La piel, el órgano más extenso de nuestro cuerpo, refleja quiénes somos y narra nuestras historias. En *Pieles*, exploro las huellas que llevamos con nosotros: las marcas que el tiempo y las experiencias imprimen en nuestra existencia. Cada relato se inspira en momentos de la Gran Regata Colón de 1992 en Puerto Rico, un evento que sirvió de escenario para las vivencias únicas de los personajes.

En estas historias, la piel, con sus marcas físicas, se convierte en metáfora de las huellas que todos cargamos. A través de los personajes, invito al lector a reflexionar sobre sus propias cicatrices y las memorias que evocan, recordándonos las experiencias que han dado forma a nuestra identidad.

Mi mayor deseo es que *Pieles* trascienda el simple acto de leer, convirtiéndose en un espacio para la introspección sobre nuestras marcas, cómo nos han transformado y las lecciones que nos han dejado. Espero que con cada historia se te erice la *Piel*...

"Cualquiera que conserve la capacidad de ver la belleza jamás envejece."

-*Franz Kafka*-

Cicatrices

E sa temporada era una muy concurrida en el hotel El Lago, cerca de la costa noreste de Puerto Rico. En el fin de semana se esperaba la llegada de más de doscientas embarcaciones, que incluían grandes barcos veleros que se darían cita en la Gran Regata del 1992. Todos llegarían a Puerto Rico desde España. Luego saldrían a Nueva York en una travesía que conmemoraba los 500 años del primer viaje de Cristóbal Colón a América. Gina y Egmont no podían perderse el evento, como historiadores de vocación, significaba mucho para ellos.

Como era de esperarse, apenas quedaban habitaciones desocupadas. Muchos habían hecho las reservaciones desde seis meses antes para asegurar un lugar privilegiado cerca de las actividades. Por suerte, Egmont pudo conseguir hospedaje. Conocía a los dueños del hotel, los McKenzie, porque tenían en conjunto una inversión de negocios que, según él, lo haría millonario. Como le contaron los McKenzie, esos días, el hotel contrató setenta empleados temporeros para cumplir con las demandas que traería el aumento en el alojamiento. A Egmont le parecía increíble lo concurrido de la industria hotelera, por lo que daba casi por sentado que sería exitoso.

Lamentablemente, a pesar de los datos alentadores a los que siempre hacía alusión Egmont cuando hablaba con su esposa, no lograba convencerla de que funcionaría. Por ello, antes de llegar al hotel, discutieron acaloradamente por el desacuerdo. Gina alegaba que la decisión afectaba las finanzas familiares. Según le contó a su amiga Nancy, Egmont tomó la decisión sin consultarle. Puso casi todos los ahorros como inversión en la construcción de un complejo de apartamentos vacacionales, que estaría listo en unos ocho años. Por supuesto, Gina se molestó, pues ya el dinero familiar estaba comprometido y los ingresos del negocio de abarrotes -otra inversión de hacía cuatro años- eran cada vez menores. Egmont esperaba que estando esa semana en el hotel, todo se calmara y finalmente Gina cambiara de opinión.

—Estoy cansada de tu insensatez —reclamó Gina, mientras se acercaba a la ventana y encendía un cigarrillo—. No sé qué pretendes. Quizás arruinarnos a todos —añadió con molestia, pero sin dejar de mirar a través del cristal las embarcaciones que ya estaban llegando al lugar.

—Siempre estoy complaciéndote, Gina. No puedo mover un dedo sin que tú lo sepas. Solo busco lo mejor para todos. Es cuestión de poco tiempo para que la inversión comience a rendir ganancias —contestó Egmont, aflojando el pantalón y quitándose los zapatos para darse un baño—. Deja ya el tema y prepárate para bajar a cenar. Los Arriaga nos esperan a las seis.

Gina giró y le lanzó una mirada amenazadora, luego apagó el cigarrillo y comenzó a desvestirse.

—¿Qué haremos en los ocho años de espera mientras retorna la inversión? Seguramente recogeremos nuestras cosas y regresamos cada uno a casa de nuestros padres. Si la tienda fracasa estamos perdidos, pero tú al parecer no lo ves —continuó molesta.

Egmont respiró profundo, pero no dijo nada. Sabía que era cuestión de dos oraciones más para que Gina estallara en rabia, así que contuvo sus palabras por un instante. Gina por su parte, continuó murmurando mientras se desvestía.

—Deberías aprender de Andrés. Sé que es un patán, pero nunca deja de consultar con Nancy decisiones importantes —reprochó a regañadientes, luego se quitó la blusa.

Gina continuó con la queja intermitente, mientras Egmont la miraba en silencio dándole tiempo para que por fin concluyera. Ella se sentó para quitarse las medias y de paso el sostén. Rozó por accidente las piernas de su esposo que ya estaban desnudas, pero al estar aún molesta, se movió para tomar distancia.

—Deberías cancelar la cena. No estoy de humor —sugirió Gina. Luego se puso de pie y se quitó su ropa interior.

Dejó completamente desnudo su cuerpo esbelto de piel morena y tersa, que siempre volvía loco a Egmont. Él no le contestó, sino que se paró, se acercó por su espalda, apartó el cabello de su cuello y la mordió suavemente. Abrazó su cintura con la intención de no dejarla escapar. Gina no pudo resistirse; así que agarró la mano de su esposo e hizo que la pasara por su cadera, después por su entrepierna y luego la dejó libre.

—No puedo cancelarla, pero sí podemos llegar un poco tarde —dijo Egmont con picardía.

—¡Olvídalo! —replicó Gina, apartándose bruscamente—. Si vamos a cenar, entonces vamos ya, antes de que me arrepienta.

—Por favor, Gina, ya basta. Pasemos estos días en paz y disfrutemos del evento.

—Sí, debería pasarla bien, nunca se sabe cuándo lo podremos repetir, porque probablemente llegaremos a la bancarrota antes de las próximas vacaciones —dijo con sarcasmo y luego se metió al baño.

Egmont regresó a la cama y se tumbó sobre la almohada, dejando salir con fuerza el aire de sus pulmones, como si eso hiciera desaparecer la frustración.

—¿Vas a venir o no? —gritó Gina, abriendo la ducha.

—Mujeres. ¡Quién las entiende! —comentó Egmont en voz baja, alegrándose por la inesperada invitación, la cual no pensaba desaprovechar, por lo que se puso de pie y se fue al baño con una sonrisa victoriosa.

Al entrar a la ducha observó con deseo el cuerpo de su esposa. Miró sus hombros sensuales y sus caderas bien formadas, que siempre lo dejaban sin palabras desde que se casaron hacía cinco años. Gina se giró hacia él y quiso seguir la discusión, más Egmont no la dejó, sino que agarró su cara y la besó. Ella se dejó llevar, puso una mano sobre el pecho velludo y medio fornido de su esposo, y con la otra, lo agarró por la nuca y lo apretó hacia ella. Un pequeño gemido se quedó atrapado dentro de sus bocas selladas por aquel beso. Cuando se disponían a continuar tocaron a la puerta, pero ambos lo ignoraron. Sin embargo, tocaron con insistencia unas tres veces más.

—Veré quién es —dijo Egmont un poco molesto por la interrupción. Luego se colocó la toalla en la cintura y salió del baño.

Miró por el lente de la puerta, divisando una mujer de vestido rojo corto, con cabello negro, largo y ondulado. Llevaba unos zapatos de tacón en la mano y estaba recostada sobre la pared de enfrente. No pudo reconocerla al momento, su cabeza se inclinaba hacia el suelo y el cabello cubría parte de su cara. Entonces quitó el seguro, abrió un poco la puerta y asomó solo su cabeza, para no dejar ver su cuerpo semidesnudo. Era Nancy Arriaga.

—Hola Egmont. Solo pasé a decirles que no podremos ir a cenar. Tuvimos un imprevisto y estamos indispuestos —explicó, tratando de disimular el ojo morado, pero dejando a la vista, sin querer, su labio roto.

—Nancy ¿está todo bien? ¿Y Andrés? —preguntó, intentando ser delicado—. ¿En qué habitación se hospedan?

—Está todo bien —contestó con rapidez, marchándose de inmediato.

—¡Nancy espera! —insistió Egmont, sin obtener resultados.

Justo en ese instante llegó el ascensor, por lo que Nancy desapareció de su vista. Egmont cerró la puerta con lentitud, mostrando una evidente preocupación. Por su parte, Gina, cansada de esperar y habiendo terminado su baño, cerró la ducha, se puso la toalla y salió.

—¿Quién era? —preguntó, dirigiéndose a la maleta para buscar ropa.

—Nancy. Vino a avisar que cancelan la cena... Fue extraño. Dijo que todo estaba bien, pero tenía un ojo morado y una herida en el labio.

Gina lo miró con asombro, deteniendo por completo la búsqueda.

—¿Por qué la dejaste ir, Egmont? Podría estar en peligro. Andrés siempre me ha parecido un abusador dominante.

—¿Qué cosas dices? No tienes prueba de eso. A no ser que Nancy misma te lo haya contado.

—No me lo ha contado, pero no es necesario. Como te dije, Andrés tiene una apariencia abusiva que no puede esconder. ¿Acaso nunca has visto la cicatriz en su cara y la de su brazo? Seguramente alguna paliza le han dado por violento y problemático —expresó, aun sabiendo que por el momento eran solo suposiciones—. Una vez le pregunté a Nancy sobre ello y cambió el tema como si se avergonzara —añadió mientras caminaba por la habitación en busca de un cigarrillo.

—Bueno, no pude hacer nada. Se fue muy rápido y ni siquiera me dijo en la habitación que están —explicó, luego se acercó a Gina, la apretó contra él, e intentó besarla.

—¡Egmont, por favor! ¿No puedes pensar en otra cosa? Nancy me dejó preocupada, no estoy de ánimo —manifestó mientras lo apartaba de un empujón—. Vamos por ella —sugirió de manera enfática.

—Gina, no te metas. No es asunto tuyo —contestó, aun sintiendo que sí debían hacerlo—. Luego se quitó la toalla y se metió a la ducha.

Gina encendió el cigarrillo y lo pilló entre sus labios para evitar que se cayera. Se puso un pantalón corto y retiró el cigarrillo momentáneamente. Se vistió con una camisa ligera de color mostaza y unas sandalias cómodas. Devolvió el cigarrillo a su boca y se cepilló el cabello de prisa, apagó el cigarrillo casi nuevo y salió de la habitación. Dejó sin querer la puerta entreabierta.

—Amor, pensándolo bien creo que debemos ir por Nancy. No se sabe de qué es capaz Andrés —gritó Egmont desde la bañera, ignorando que Gina ya se había marchado.

Minutos después salió del baño secándose el cabello. La toalla tapó su visibilidad.

—Andrés nunca me ha dicho cómo se hizo esas marcas. Aunque tampoco le he preguntado —continuó, todavía sin darse cuenta de que hablaba solo.

Cuando notó que la puerta estaba abierta se colocó la toalla.

—¡Gina! ¿Estás aquí? —preguntó, imaginando que ya había salido para buscar a Nancy—. ¡Ay, Dios! No sé por qué no puede quedarse quieta. Cuando se empeña en algo, nadie la detiene

8

—comentó mientras cerraba la puerta, no sin antes asomarse y mirar a ambos lados del pasillo.

Egmont fue al fondo de la habitación, miró por la puerta de cristal que daba hacia el balcón y vio a alguien que se le pareció a Gina. Sin embargo, no estaba seguro, había demasiada gente para distinguirla desde el séptimo piso. Luego tomó el teléfono y llamó a la recepción.

—Hotel El Lago, habla Eva ¿cómo puedo ayudarle? —dijo con una rapidez que hacía evidente su prisa por terminar la llamada.

—Buenas tardes, señorita. Soy Egmont Alicea de la habitación 706. Quisiera saber la habitación del señor y la señora Arriaga, por favor. Nancy y Andrés son sus nombres.

—Lo siento señor, no puedo darle esa información —contestó la mujer.

—¡Por favor! No le diré a nadie que usted lo hizo —insistió.

—No puedo darle esa información —repitió de manera casi automática.

—Creo que la señora Arriaga, Nancy Arriaga, podría estar en peligro y necesito confirmar que está bien —reiteró Egmont con tono de ruego.

La mujer se quedó en silencio brevemente.

—Lo siento señor, la habitación 403 ya no está disponible —informó disimuladamente y rápido colgó, sin escuchar cuando Egmont le dijo "gracias".

—¿Qué estará pasando con Nancy? ¿Dónde estará Gina? —se preguntó en voz baja.

Para avanzar, se puso la misma ropa que llevaba puesta antes y salió de la habitación.

~~~~~~~~~~

Egmont bajaba rápidamente las escaleras, cuando chocó por accidente con una mujer que subía cargada con un equipo de fotografía.

—Tenga más cuidado la próxima vez —advirtió la mujer evidentemente molesta, debido a que casi hace caer al suelo una de las cámaras.

—Lo siento. Discúlpeme. ¿Le ayudó a llevar su equipo? —se ofreció amablemente para compensar su culpa.

—No, gracias. Puedo sola —contestó, desviándose al piso cinco.

Por suerte, Egmont no se la volvió a encontrar durante su estadía, así que se dio por disculpado. Continuó bajando y se dirigió a la habitación que le mencionó la recepcionista: 403. Cuando se disponía a tocar, escuchó a Andrés.

—Nancy ¿dónde estás? Estoy en la habitación esperándote. Regresa ahora mismo. ¿Cómo que no quieres verme? Si no vienes ahora, iré a buscarte. Ya me estoy cansando de lo mismo. Te buscas los golpes.

Cuando Egmont escuchó que Nancy no estaba, decidió no alertar a Andrés, por lo que volvió a las escaleras para buscarla. Mientras bajaba, tomó el celular y llamó a Gina para saber su localización. Ella no contestó. Había dejado su teléfono en la habitación cuando salió de prisa.

—Si quisiera escapar ¿a dónde iría? —se preguntó, entonces llegó a la recepción y se acercó al mostrador para pedir direcciones—. ¿Algún lugar solitario en el hotel? —cuestionó a dos empleados que organizaban papeles en el área. Éstos lo miraron extrañados.

—El sótano —dijo de broma uno de ellos. Pensaba que Egmont entendería el chiste.

—Perfecto. Gracias —replicó y se marchó, mientras los dos empleados se miraban y uno de ellos se encogía de hombros.

Cuando se disponía a bajar al sótano, vio a una mujer que se le pareció a Gina que caminaba afuera por el área de la piscina. Se desvió para avisarle que se unió a la búsqueda de Nancy.

—Mi amor, estoy contigo —dijo, abrazando a la mujer por la cintura, quien se giró bruscamente y lo empujó con fuerzas—. Lo lamento. La confundí con mi esposa —se excusó a la vez que se enrojecieron sus mejillas.

—Eso dicen todos los depravados —contestó la mujer, escurriéndose entre la gente para alejarse de Egmont, que ya había entrado de vuelta al hotel para escapar de la vergüenza.

Egmont pasó de prisa por el mostrador de bienvenida y los dos empleados se volvieron a mirar. Uno de ellos levantó el teléfono para llamar a seguridad por el comportamiento sospechoso. En ese instante llegó Gina, por lo que optó por colgar, asumiendo que era a ella a quien él buscaba.

—No he visto a Nancy. He buscado por todas partes y nada —informó Gina, mientras recogía su cabello, amarrándolo entre sí para liberar su cuello del calor.

—Tampoco la he visto. Se hospedan en la habitación 403. Fui y escuché a Andrés amenazando a Nancy por teléfono para que regresara. No dije nada y me fui para que no supiera que la buscamos.

—¿Cómo sabes el número de la habitación?

—¿Eso fue lo único que escuchaste, Gina? ¡Pff! —contestó moviendo la cabeza de un lado a otro en desaprobación—. Me lo dijo la recepcionista —explicó por obligación, luego se dirigió hacia la puerta que daba al sótano, mientras hacía un ademán que invitaba a Gina a seguirlo.

—¿A dónde vas? —preguntó, avanzando detrás de él.

—No he buscado en el sótano.

Bajaron las escaleras, ignorando un letrero que decía: "No pase. Solo personal autorizado." Se detuvieron en la lavandería y preguntaron por Nancy, haciendo una descripción hablada de sus características y su vestimenta. Sin embargo, allí nadie la había visto. Cuando salieron, una mujer vestida de pantalón azul marino y camisa amarilla, con un bordado que decía "*J&J Cleaner*", les mostró hacia donde ir.

—Creo que está por allá —les indicó amablemente.

—¡Gracias! —respondieron Gina y Egmont a la misma vez.

Siguieron al final del pasillo y llegaron al área de los generadores y máquinas que hacían funcionar el hotel. El calor era insoportable, así que se dieron prisa. Sin encontrarla, se dispusieron a salir.

—¡Espera! —dijo Gina, deteniéndose en seco al escuchar un llanto.

Siguieron el sollozo y llegaron a un pequeño cuarto repleto de toallas blancas de todos los tamaños. En el suelo estaba sentada

Nancy, con las piernas flexionadas y sus brazos alrededor de ellas. Su cara tocaba las rodillas y su cabello la cubría.

—Nancy —susurró Gina para no asustarla.

Nancy de todas formas se asustó y con algo de dificultad se puso de pie, dispuesta a huir de ellos.

—¿Qué te ha hecho Andrés? —preguntó Egmont con evidente molestia.

Nancy trató de salir.

—¡No te vayas! —pidió Gina, colocando su mano en el pecho de su amiga para detenerla.

—Andrés no me hizo nada —respondió Nancy, agachándose para recoger los zapatos.

—¿Cómo que no te hizo nada? Mira cómo estás —expresó Egmont, dándose media vuelta para ir a buscar a Andrés—. ¡Quédate con ella! —le ordenó a Gina y se fue, desapareciendo por la misma puerta que llegó.

—¡Noo! —exclamó Nancy con gesto de preocupación—. Andrés no me ha golpeado. No ha sido él —explicó, comenzando nuevamente a llorar.

—Espera, Nancy ¿de verdad no ha sido Andrés? ¿Qué pasó entonces? —cuestionó de manera insistente Gina.

—Tengo problemas con el alcohol otra vez. Pero ahora, cuando me paso de tragos, hago cosas que no debería. Conocí a alguien en el bar y fuimos a su habitación. Me pareció tierno, hasta que quiso obligarme a acostarme con él. Me resistí y me golpeó. Por suerte pude escapar —contó Nancy, secando sus lágrimas con las manos, haciendo que su maquillaje se regara aún más por sus mejillas.

—¿Andrés sabe eso?

—Sí. Lo sabe. Fue a buscarlo, pero ya se había ido del hotel. También trata de cuidarme. Ya Andrés y yo no somos nada. Estamos a punto de divorciarnos, pero siempre me ha dicho que soy muy importante para él y así lo ha demostrado.

—No me habías dicho que tu problema volvió, Nancy, y tampoco lo noté —se lamentó Gina.

—No quería preocuparte —sollozó—. Tampoco quiero que Andrés se sienta humillado por lo que le ha tocado vivir por mi culpa. Ya tiene suficiente.

—Siempre pensé que Andrés era un abusador. De solo ver sus cicatrices, deja mucho que decir. Un día te pregunté y cambiaste de tema.

—Me avergüenza decirlo. Esas cicatrices se las provocó en una pelea con un hombre con quien también salí. Trató de aprovecharse de mí estando ebria. Andrés quiso defenderme y se le fue encima. El hombre tenía una cuchilla y lo atacó. Fueron tres heridas.

—¡Dios santo! —Gina iba a continuar preguntando, cuando recordó que Egmont había salido precisamente en busca de Andrés—. Tenemos que irnos antes de que Egmont encuentre a Andrés —ordenó, tomando a Nancy por la muñeca, para hacerla caminar tras de ella.

~~~~~~~~~~

Egmont llegó frente a la habitación de Andrés y tocó la puerta con furia.

—¡Sé que estás ahí, cobarde! ¡Eres un abusador! ¡Abre la maldita puerta! —gritó Egmont, haciendo que la mujer de la habitación de al lado se asomara.

Tal era su furia, que no sabía que sus reclamos frente a la puerta no llegarían a nada. Andrés había salido y buscaba a Nancy en el primer piso. Pasaron unos minutos y Egmont continuaba golpeando la puerta, haciendo que otras personas también salieran. De repente sonó la campana del ascensor y sus puertas abrieron. Andrés llegó, notando de inmediato la actitud agresiva de Egmont.

—¿Qué haces? —gritó Andrés, lo que alertó a Egmont de su llegada.

Egmont lo miró con rabia y se le abalanzó encima para golpearlo. Andrés se defendió por instinto, sin entender lo que sucedía. Ambos cayeron al suelo, mientras algunos espectadores, alarmados, decidieron avisar a seguridad y uno intentó separarlos sin éxito. Con rapidez el lugar se llenó de curiosos. Por el pasillo, Gina y Nancy intentaban hacerse paso para llegar a ellos.

—¡Suéltalo, Egmont, suéltalo! —gritó Gina, esperando el espacio preciso para entrar a separarlos—. ¡Basta! —insistió. ¡Él no le hizo nada a Nancy! ¡No fue él! —añadió, con la esperanza de que eso lo detuviera, pero Egmont lo seguía golpeando, a pesar de que Andrés ya había dejado de defenderse.

Ahora estaba tendido en el suelo sin reaccionar. Egmont se paró con los puños ensangrentados y dio dos pasos hacia atrás con evidente gesto de arrepentimiento. Tropezó con Nancy, que temblaba casi en posición fetal en el suelo, por la impresión del evento.

—Nancy —dijo Egmont al notar que era ella, llevándose las manos a la cabeza.

—¡Andrés, Andrés! —pronunciaba Gina, acercando su oído al pecho, en busca de sonidos respiratorios.

En ese momento, dos guardias de seguridad del hotel llegaron al lugar, acompañados de dos oficiales de la policía municipal.

—¡Fue él! ¡Él lo mató! —denunció un caballero, apuntando con el dedo índice a Egmont, mientras otros a su alrededor lo secundaban entre murmullos y asintiendo con la cabeza.

Egmont permanecía perplejo. Los policías lo cogieron por los brazos, lo pegaron contra la pared y lo esposaron.

—Usted tiene derecho a permanecer en silencio. Todo lo que diga puede y será usado en su contra en un tribunal de justicia —recitaba el oficial forcejeando para hacerlo caminar—. Tiene derecho a un abogado —continuó, mientras el otro llamaba a emergencias médicas. Aunque estos ya estaban próximos a llegar, dado a que uno de los huéspedes se había adelantado en avisarles.

Gina miró a Egmont que permanecía atónito al ver lo que había hecho.

—¡Qué hiciste! —exclamó Gina con la voz quebrada, al tiempo que llegaron los paramédicos.

—Permiso señora. Retírese, por favor —le dijo uno de ellos a Gina.

—Necesitamos espacio, por favor. Deben moverse —solicitó el otro paramédico a los que permanecían mirando.

—¡Muévanse todos! —ordenó uno de los policías, haciendo que terminaran de alejarse.

Un tercer policía llegó al lugar y los otros dos se marcharon, llevando a Egmont consigo. Gina quiso irse tras de él, pero temió dejar sola a Nancy en esas condiciones, así que se dirigió al paramédico para indicarle que su amiga también estaba herida. Una vez comenzaron a atenderla, se marchó.

—¿Está muerto? —preguntó Nancy con tímida aflicción, mientras Gina al alejarse, se volteó para tratar de escuchar la respuesta, pero fue imposible.

~~~~~~~~~~

Egmont se encontraba detenido en el cuartel de la policía, a la espera de la aplicación de cargos y acciones legales por su delito. Permanecía en silencio y su rostro mostraba preocupación.

—Vengo a ver a mi esposo que está aquí detenido: Egmont Alicea —informó Gina al policía que se encontraba en el retén, quien le permitió pasar luego de tomarle su información—. Hola, amor —saludó a su esposo.

Egmont reconoció la voz dulce de su esposa, pero mantuvo la mirada dirigida al suelo.

—No debiste venir. No sé qué me pasó. Lo maté —dijo Egmont con voz sollozante—. Maté a mi amigo —se lamentó cabizbajo.

—No digas eso. No lo sabemos. Esperemos que no —trató de consolarlo, pero la duda que le embargaba hacía poco creíble sus palabras.

—Solo quería darle un escarmiento. Cuando logré escucharte, ya era tarde. Él no fue quien golpeó a Nancy, no lo sabía.

Gina permaneció en silencio por un instante, sintiéndose culpable por no avisarle tan pronto Nancy le contó. Luego tomó valor.

—Voy a ver el estado de Andrés y el de Nancy. Volveré luego cuando sepa algo —se despidió, pasando suavemente su mano sobre la de él, que agarraba uno de los barrotes.

~~~~~~~~~~~

—¡Nancy! —pronunció Gina al llegar al hospital y encontrarla sentada en un banco—. ¿Cómo estás? —se sentó a su lado—. ¿Qué te dijeron? —hizo silencio esperando respuestas.

—Está muy mal —respondió, tratando de no llorar, pero dejándose ahogar en un sollozo que le quitó el aire por un instante.

—¿Está en peligro?

—Sí, lo está. Está en intensivo. Los golpes fueron muy fuertes. Dicen que su rostro quedó mutilado. Le cogieron puntos en varias heridas de su cara —suspiró—. Al caer, también se golpeó la cabeza

20

con la manija de hierro de la puerta de almacenamiento y le ocasionó la acumulación de sangre. Un hematoma subdural me dijo el médico. No sabrán su verdadero estado hasta que despierte.

—Lo siento tanto —expresó Gina, luego de quedarse en silencio y pensativa por unos segundos.

—¿Por qué lo golpeó? Dime —miró a Gina con reclamo.

—Ay Nancy —bajó la cabeza—, pensamos que Andrés te maltrataba y que sus cicatrices eran por andar de problemático en peleas. No sabíamos que solo te protegía.

—¿Cómo asumen eso solo por unas cicatrices? —cuestionó con disgusto, haciendo que Gina se quedara callada.

El momento fue interrumpido por un médico que llegó en busca de Nancy y le pidió entrar para hablar en privado. Gina miraba a través de la puerta de cristal cuando vio a Nancy caer de rodillas al suelo. Rápidamente se dirigió hacia ella.

—Nancy ¿qué pasa? ¡Nancy! —insistió, poniéndose sobre sus rodillas para alcanzarla en un abrazo.

—Dicen que se recuperará. Está delicado, pero tendrá mejoría —estalló en llanto—. ¡Gracias a Dios! —Gina la ayudó a ponerse de pie para ir a los asientos de la sala de espera.

—Me alegra mucho. Me da alivio por Andrés —expresó Gina con sinceridad y luego la abrazó.

—¿Señora Arriaga? —preguntó un policía que acababa de llegar, interrumpiendo de manera imprudente el momento.

—Soy yo, dígame —secó sus lágrimas.

—Necesitamos hablar con su esposo, relacionado a los cargos contra su agresor y los detalles de lo ocurrido.

Gina respiró profundo y quiso contener la aflicción que estaba sintiendo en ese momento, pero no pudo. Entonces se dio la espalda y comenzó a llorar en silencio. Por su parte, Nancy siguió al oficial, quien detuvo al médico cuando lo vio pasar. Luego todos entraron excepto Gina, que decidió marcharse al hotel, para luego regresar donde Egmont.

~~~~~~~~~~

Algunos días después, Andrés mostraba una mejoría alentadora, aunque por lo pronto no le sería posible salir del hospital. Egmont, por su parte, fue dejado en libertad, dado que no lo podían retener por más tiempo sin cargos concretos. Estando Nancy en el hospital, ve llegar a Gina acompañada de Egmont. Esto la puso furiosa.

—¿Qué hace él aquí? ¿Acaso busca matarlo? —expresó Nancy, haciendo frente.

—Perdóname —dijo Egmont a Nancy—, no pensé y juzgué a la ligera. No debí hacerlo. Solo quería protegerte como cuando éramos adolescentes —sintió nostalgia y vergüenza al recordar el comienzo de su amistad con los Arriaga.

Nancy se quedó silencio.

—Egmont quiere ver a Andrés. Te prometo que todo estará bien —solicitó Gina, recibiendo de Nancy una señal de "no" con la cabeza—. Nancy, por favor. Iremos con él —insistió. Nancy se quedó pensativa unos segundos.

—Está bien. Pero si Andrés no quiere verlo, tienen que irse inmediatamente —advirtió, a lo que ellos estuvieron de acuerdo.

Entraron a la habitación, primero Nancy, después Gina y por último Egmont. Esto provocó que Andrés se alterara momentáneamente.

—¡Vete de aquí! —le solicitó de manera enérgica.

—Perdóname Andrés —pidió Egmont—. De solo imaginar que maltrataran a Nancy, me enfurecí. Llegué a conclusiones sin preguntar y lo lamento —Andrés lo escuchó, pero no quiso mirarlo—. Te he dañado y debo pagar, pero quiero que sepas que estoy arrepentido y apenado. Me haré responsable.

Hubo silencio por al menos un minuto. La tensión creció en la habitación y nadie se atrevía a decir nada, hasta que entró el médico a cargo y le realizó un chequeo rápido a Andrés.

—Has mejorado de manera inexplicable. Creo que pronto te irás a tu casa —le informó sonriente, sin percatarse de la gran tensión que había entre ellos.

Luego salió, justo cuando llegó el mismo policía que había arrestado a Egmont, e intentado tomar la denuncia en dos ocasiones.

—¿Qué hace usted aquí? Salga inmediatamente —le ordenó el policía a Egmont, dirigiéndose a escoltarlo.

—Déjelo, oficial —solicitó Andrés ante la sorpresa de todos.

—Deberá presentar cargos —sugirió.

—No intereso presentarlos.

Todos se miraron.

—Señor —insistió el oficial—, sufrió daños que pudieron causarle la muerte y ahora tiene una enorme factura de hospital.

—Pero no morí —contestó, haciendo que el policía terminara su visita, no sin antes dejarle sus datos por si cambiaba de opinión.

Andrés miró a Egmont quien al instante bajó la mirada.

—Pagaré la cuenta del hospital y todo lo que necesites para que estés bien —verbalizó aun mirando al suelo.

—Es mucho dinero —interrumpió Nancy.

—Lo sé y estoy dispuesto. Por ahora tengo el dinero y un negocio que generará grandes ingresos futuramente.

Gina miró a Egmont, quien pudo entender el mensaje en sus ojos, reviviendo en su mente la discusión previa sobre el tema de la inversión. Sin embargo, no dijo nada al respecto.

—¿Qué tanto miras por la ventana? —cuestionó Nancy a Gina, dirigiéndose hacia ella y moviendo a un lado la cortina para mirar también.

—Wow, es hermoso —expresó Nancy, luego abrió la cortina por completo para que Andrés pudiese mirar. Egmont aprovechó también para acercarse.

A lo lejos, los barcos veleros ofrecían una vista espectacular desde la habitación del hospital.

—Vaya, qué rápido se marchan —dijo Gina.

—No nos llevamos nada de recuerdo —añadió Nancy.

—Yo sí. Algunas cicatrices adicionales —bromeó Andrés, tratando de contener la risa por el dolor.

—Yo una lección que nunca olvidaré. No juzgar a las personas por las cicatrices —expresó Egmont verdaderamente avergonzado.

Hubo un largo silencio. Todos admiraban los barcos.

—¿Qué negocio es el que tienes, Egmont? —preguntó Andrés.

Gina cerró la cortina de sopetón, miró a Egmont y salió de la habitación. Nancy, sin entender, fue detrás de ella.

—¿Qué paso? —Andrés miró confundido.

—Ya te contaré los detalles —dijo Egmont—, pero te adelanto que ahora el golpeado seré yo. Date por vengado, amigo. Date por vengado —añadió.

Ambos rieron.

Manchas

—Ya verás que pasaremos unos días maravillosos, y al final, todo estará bien —expresó Estefanía mostrando a su madre una sonrisa esperanzadora.

—Es lo más que deseo. Espero en Dios que así sea.

Victoria entró tímida al hotel. Era la primera vez que se quedaba fuera de su casa.

—Esto sí que está lleno —Estefanía se dirigió a la recepción y tomó a Victoria del brazo para obligarla a avanzar.

—A ti nada más se te ocurre venir en medio de la Regata. Creo que hasta el mismo Cristóbal Colón se hospeda aquí. ¡No cabe ni un alma más!

—¡Exageras! —Estefanía rio con ternura, luego se unió a la fila.

Durante la espera por ser atendidas, Victoria se distrajo mirando hacia el área de la piscina.

—Hace demasiado sol. No sé cómo pueden estar ahí —comentó Victoria, pues no se percató que hablaba sola. Estefanía había avanzado.

La recepcionista les dio la bienvenida. Estefanía le respondió el saludo y volteó para localizar a su madre.

—Mamá, ven —hizo un ademán con la mano y Victoria se acercó—. Me llamo Estefanía Román —se dirigió a la recepcionista—. Reservé habitación para dos personas —le entregó su tarjeta de identificación.

Mientras realizaban el registro, Victoria sacó un papel de su cartera, lo revisó con rapidez y lo volvió a guardar. Estefanía la miró de reojo y cuando se disponía a hablarle fue interrumpida.

—Su habitación es la 606. En el *brochure* encontrarán algunas sugerencias para pasar estos días. Disfruten de su estadía —la mujer entregó de vuelta la tarjeta a Estefanía, junto con la llave de la habitación y la hoja informativa.

—Muchas gracias —respondió Estefanía. Dio dos pasos para irse, pero se viró de repente. Acercó su cabeza al mostrador, miró a la recepcionista y le habló en voz baja—. Disculpe, estamos esperando una llamada importante —miró por un segundo a su madre que estaba distraída observando nuevamente hacia la piscina.

—No se preocupe. Le podemos pasar la llamada a su habitación sin problema.

—Es muy amable, gracias.

Estefanía se acercó a Victoria y entrelazó su brazo con el de ella. Acto seguido, se dirigió hacia el elevador arrastrando la maleta que, gracias a las ruedas, podía moverse a pesar de estar tan llena.

—Ay mija ¿pero aquí no hay escaleras? —protestó Victoria.

—Claro que hay escaleras, pero son seis pisos. Con esta maleta a punto de explotar llegaré cuando ya se hayan ido las embarcaciones —bromeó Estefanía buscando distraerla.

Sabía que la objeción llegaba por el miedo a subirse al ascensor, que en ese preciso momento llegó.

~~~~~~~~~~

Finalmente estaban en la habitación. Victoria, sin mirar nada más, se dirigió a la puerta de cristal que daba hacia el balcón y se colocó estratégicamente donde el sol no la alcanzaba. Después estiró la manga derecha de su camisa y cubrió unas pequeñas manchas en su piel. Miró hacia afuera. Pasó su vista por todo el panorama y dejó escapar una pequeña sonrisa. Estefanía la notó y la imitó casi por instinto. Se acercó a ella.

—Suelta la cartera —sugirió. Se la quitó del hombro sin que Victoria reaccionara. Continuaba mirando el paisaje.

—¡Qué lugar tan bonito! Pensar que he pasado toda la vida en esta isla y nunca había apreciado el mar desde esta altura.

La melancolía en su voz casi logra quebrar sus palabras, pero fue salvada por el abrazo inesperado de su hija.

—Podemos regresar cada año a este lugar. Solo tienes que dejar que papá se cuide solo unos días. Nunca lo sueltas.

—Si Dios me concediera más años de vida, me gustaría volver —se encogió de hombros y dejó salir una lágrima.

Estefanía la abrazó más fuerte, le dio un beso en la mejilla y luego la soltó lentamente.

—¡Claro que los tendrás! —hubo unos segundos de silencio—. Ven, vamos a prepararnos para salir un rato.

Estefanía arrastró la maleta al centro de la habitación, la abrió y se sentó sobre la alfombra para sacar ropa. Luego buscó a su madre con la mirada y notó que nuevamente tenía el papel en su mano. En esta ocasión lo apretaba. Cuando supo que Estefanía la miraba, lo guardó con rapidez.

—Hoy deberíamos quedarnos aquí. Ya mañana salimos —sugirió Victoria con desgano.

—¡Ay no mamá! No vinimos a quedarnos encerradas. Además, mañana habrá más gente. Dejemos el día de mañana para ir a ver los veleros. Vamos hoy a la piscina o a la playa. ¿Qué prefieres? Vi que alquilan unas sombrillas, así que estarás cubierta del sol, si es lo que te preocupa —trató de convencerla sin ver un gesto de aprobación.

El silencio temporero se vio interrumpido por el timbre del teléfono. Ambas se miraron y Estefanía avanzó a pararse para contestar.

—Hola.

—¡Saludos! Le habla Jorge desde recepción. Tiene una llamada del Sr. Esteban Román.

—Sí. Espero —Estefanía miró a su madre e hizo un pequeño movimiento de cabeza que provocó que Victoria adoptara un semblante de preocupación.

—¡*Hello*! ¿Vicky? —preguntó Esteban.

—No papá, soy yo. Bendición.

—Hola nena. Dios te bendiga. ¿Cómo va todo? ¿Se divierten? ¿Y tu mamá?

—¡Papá, pero si acabamos de llegar! —sonrió—. Estamos bien. Vamos a prepararnos para dar un paseo. ¿Te llamaron? —volvió a mirar a su mamá.

—No, no, no. Es que quería saber si llegaron bien y cómo está Vicky —habló en voz baja como si Victoria pudiese escucharlo—. Me

31

dejó preocupado. Sé que no se siente de buen ánimo por el estudio ese, que no acaban de decir qué es lo que pasa.

—Está bien. Te paso a mamá para ir a prepararme —lo interrumpió intencionalmente porque Victoria se acercaba.

Estefanía le pasó el teléfono y se sentó nuevamente frente a la maleta. Miraba esporádicamente a su mamá, al escuchar que hablaba frases cortas u oraciones sin terminar, y notó que enrollaba el cable del teléfono con nerviosismo.

—Está bien, no hay de qué preocuparse por ahora. Si llama el doctor me avisas —Victoria se despidió con un inusual "te amo", colgó y se sentó en la cama pensativa, hasta que tocaron a la puerta y se asustó.

—Yo voy —se apresuró Estefanía. Miró por el lente y abrió la puerta.

—Buenas tardes. ¿Necesita toallas? —preguntó un empleado del hotel que llevaba consigo un carrito lleno.

—Ya tenemos. Gracias.

Estefanía cerró la puerta y fue a alentar a su mamá para salir. Entonces se dio cuenta de que lloraba, así que avanzó y se sentó a su lado en la cama.

—Mamita ¿qué tienes? —preguntó con ternura.

Hubo silencio.

—Tengo miedo —hizo silencio por algunos segundos más y luego le mostró el papel doblado que había sacado nuevamente de su cartera—. ¿Y si sale positivo? ¿Y si esas manchas son de cáncer? No me quiero morir.

Estefanía abrazó a su madre y trató de esconder sus deseos de llorar.

—Todo estará bien. No hay de qué preocuparse por ahora —acarició su cabello—. Tú misma se lo dijiste a papá —le recordó.

Victoria se puso de pie y caminó hacia la puerta de cristal, miró el paisaje y sollozó. Estefanía la alcanzó.

—Está bien si no quieres estar afuera por el sol. Pero vamos entonces al restaurante. Leí en la hoja que nos dieron que tienen música de piano en vivo. Disfrutemos de la tarde, por favor. Vamos a hacer de estos días algo especial —puso su cara justo frente a la de su madre; y ambas sonrieron.

—Está bien, vamos —se secó las lágrimas—. Pero primero me daré un baño, por si encuentro por allí a la competencia de tu papá —rio a medias.

~~~~~~~~~~~

Antes de entrar al restaurante, Estefanía se detuvo para arreglar la correa de su zapato.

—No vuelvo a irme por la escalera —se quejó mientras hacía malabares para no caerse de lado—, ni para bajar ni para subir —añadió con una media sonrisa, disimulando su molestia para no hacer sentir mal a su mamá que insistió en evitar el ascensor.

—Muchacha deja la queja y avanza, antes que se acabe la música. Ya mismo recogen y se van. Son las seis y media.

—Jajaja no mamá, no es así. Esa eres tú que te acuestas con las gallinas. Es muy temprano todavía. La música es hasta las once.

Entraron al restaurante y fueron recibidas de manera muy atenta. Inclusive, tal como lo pidieron, les asignaron una mesa desde donde se podía apreciar el mar. La música de piano recién comenzaba. Las luces estaban a medias y los rayos del sol que atravesaban el cristal comenzaban a desaparecer. Era una vista espectacular. Victoria miraba con asombro. No podía evitar que los ojos quedaran cristalizados por la emoción de estar allí.

Desde que llegó al hotel, era la primera vez que se sentía despreocupada. Estaba embelesada con la belleza que presenciaba. Estefanía observó con alegría la paz que reflejaba el rostro de su mamá. No quería interrumpirla e impidió amablemente que un mesero también lo hiciera. Éste entendió y se retiró para volver luego.

Cuando el sol terminó de esconderse, Victoria volvió de su transe.

—Bueno hija ¿vinimos a comer o a qué? —miró a los lados en busca de un mesero—. ¿Aquí nadie atiende?

—Yo lo llamo —Estefanía sonrió e hizo un ademán al mesero que ya había intentado atenderlas y esperaba a ser llamado.

Victoria tenía poco apetito al llegar, así que solo pidió una sopa de lentejas. Sin embargo, probó un poco del plato de Estefanía y luego pidió un postre. Después de quedar encantada con lo que degustó, añadió un café.

—¿Hay algo que extrañas de cuando tenías mi edad? —cuestionó Estefanía, dejando a su madre pensativa por un instante.

—Ponerse a extrañar lo que uno va dejando en el camino, es querer vivir en el pasado —suspiró—. Aunque a veces extraño cuando trabajaba en la tierra.

—¿Fue mucho tiempo? —olvidando las reglas de etiqueta, apoyó los codos sobre la mesa, puso su barbilla sobre los puños y se dispuso a escuchar con atención.

—Desde los doce años he trabajado, mija. Ayudaba a papá Pancho en la finca. Cuando él murió seguimos mis hermanas y yo junto con mamita, que en paz descanse. De lo que cultivamos era que salía el dinerito para todo lo necesario. Había que trabajar, sin otra opción, y estudiar hasta el cansancio y sin quejas. Después muy jóvenes todas nos enamoramos, tuvimos hijos y fuimos dejando la finca. Luego con tu papá me iba a trabajar en los jardines que cultivaba; más el de casa que siempre me ha gustado tenerlo bonito. Pero eso ya lo sabes. Dudo que olvides los regueros de tierra que siempre tenías encima —movió la cabeza de un lado a otro, con una tierna desaprobación.

—Sí, lo recuerdo —sonrió.

El mesero interrumpió para dejarles el café.

—Gracias —dijeron a coro.

—Pero con papá trabajaste hasta hace poco y hasta te ibas con Tito de vez en cuando —puntualizó Estefanía.

—Con Tito fue otra cosa. Tú sabes que a tu hermano le gusta hacer las cosas a su manera y así yo no sé. Yo lo dejo. Aunque ya no quiero saber del sol. Fueron años y años trabajando, quemando mi piel. No más jardines. Tanto trabajar para después estar aquí esperando una noticia de si tengo o no tengo cáncer en la piel —Estefanía se disponía a interrumpirla para ofrecerle unas palabras de aliento, cuando ella prosiguió—. ¡Pero ya! Se acabaron los temas tristes. Esta noche se disfruta —añadió con determinación.

—¿La noche? ¿Pero no querías regresar al cuarto después de comer para evitar los alborotos? —preguntó extrañada.

—Ya me vestí. Ahora es hasta que me duelan los pies. Vamos a dar un paseíto por ahí. Ya no hay sol. Debe estar fresquita la noche y a lo mejor está el ambiente tranquilo todavía.

—No se diga más —asintió Estefanía con felicidad por verla animada—. La cuenta, por favor —se dirigió al mesero.

~~~~~~~~~~

Después de salir del restaurante, Victoria pidió pasar por la recepción para corroborar si habían recibido alguna llamada. Aunque Estefanía le explicó a su madre que el médico no llamaría a la casa en la noche, ella insistía en llamar para ver si Esteban estaba bien y si había comido.

—Él no es un niño. Claro que comió. Ese debe estar ya reposando o durmiendo.

—Entiéndeme nena, que nunca nos separamos. Es costumbre ya.

Al ver su gesto, Estefanía finalmente entendió la nostalgia de su madre. Pasaron por recepción e hicieron una llamada rápida. Victoria terminó complacida luego de que Esteban diera señales de vida.

—Te lo dije. Estaba en el quinto sueño. No creyó que todavía estuvieses por ahí dando paseos. Yo creo que está ce-lo-so —chocó intencionalmente el hombro de su madre.

—Que sufra. Ese no es tonto, sabe lo que tiene —rieron al unísono mientras salían del hotel con sus brazos entrelazados.

~~~~~~~~~~~~

Caminaron un rato hasta llegar al puerto. Apreciaron el desfile esporádico de algunas embarcaciones que llegaron antes de tiempo y luego se acercaron a una algarabía que recién comenzaba. Había pleneros y vejigantes. Sus vestimentas coloridas se movían al son de la música. La gente llegaba para disfrutar del espectáculo, y sorpresivamente Victoria quiso quedarse. Estefanía no podía creer que su mamá sabía casi todos los cánticos. Aplaudieron al son de los tambores y cantaron a coro con los demás.

Un vejigante se acercó a Victoria y ella alzó sus brazos invitándolo a bailar. Él la rodeó en una danza rítmica y ella daba vueltas como su pareja de baile. Todos le siguieron el paso al vejigante y, sin darse cuenta, habían formado alrededor de Victoria un círculo. Al verse sola en medio, haló por el brazo a su hija, quien sin dudar la acompañó a bailar. Luego se unieron los demás y formaron una algazara aún más grande. Victoria bailó, cantó, rio y aplaudió hasta el cansancio. Por la intensidad y emoción del momento, le parecía que todo pasaba en cámara lenta. Disfrutó como si fuese el último día de su vida.

Cuando se acabó la música se fueron. Iban tambaleándose entre el agotamiento y la emoción. Fue una noche mágica. Estaban tan distraídas que el camino se les hizo corto y pronto llegaron al hotel. Por el cansancio que sentía, en esta ocasión Victoria no tuvo objeción en tomar el elevador. Entraron a la habitación riendo. Estefanía se fue directo a bañar. Victoria se quitó los zapatos y se sentó en la cama, luego sacó el papel de su bolsillo y lo guardó en la cartera. Acto seguido se tiró boca arriba sobre la cama, por un ratito miró pensativa el techo y se acurrucó de lado.

Estefanía salió de bañarse y la vio dormida, se acercó a la cama y la arropó. Sacó el cabello de su rostro y le dio un beso en la frente.

—Te amo mamita —susurró Estefanía y se acostó.

~~~~~~~~~~

El sol despertó a Estefanía, quien inmediatamente miró hacia la cama de su mamá y notó que no estaba. Quedó sentada de un brinco y fue directo al baño a ver si estaba allí. No la encontró.

—Mamá —llamó sin levantar mucho la voz, pues era muy temprano.

En medio de un bostezo se estrujó los ojos para despertar bien. Entonces se dirigió a la puerta de cristal y la vio. Victoria había salido al balcón y desde allí apreciaba el mar. Notó la presencia de su hija y volteó hacia ella.

—Fany, ven —hizo un gesto con la mano para que saliera.

—Mamá, hace muchos años no me llamabas Fany —comentó asombrada.

—Desde que creciste y te hiciste vieja —rio—. ¡Mira qué hermosura! —señaló hacia el mar—. Hay más barcos que anoche.

—¿Quieres salir a verlos? Nos preparamos, desayunamos y luego vamos —sugirió con dudas de que aceptaría.

—Claro, a eso vinimos. Pero primero un café —se fue del balcón y Estefanía la siguió—. Yo me bañé tempranito, que anoche me dejaste acostar sin bañar. Después de tanto que sudé bailando con toda esa gente…¡Jaja! Llega a estar tu padre, me deja durmiendo sola.

—¡Sí! Por suerte tenemos dos camas en esta habitación.

—Graciosa —hizo una mueca—. Dale, vístete que ya el cuerpo me pide un café. Pero que no sea del restaurante de anoche, que la comida estaba muy buena, el postre delicioso, pero el café era como para dormir a un bebé. Ni el sueño me quitó.

—Ay no mamá, pero anoche nada te quitaba el sueño. Después de tanto bailar —imitó a su madre en un movimiento de baile.

—La noche era joven. La vieja era yo —rieron nuevamente.

—Voy a pedir que nos traigan el café y algo de desayuno aquí a la habitación.

—Fany ¿qué es eso de andar molestando a la gente? Déjalos trabajar, que ya bastante tienen con este lugar lleno. Vamos nosotras y lo buscamos —continuó murmurando sin entenderse lo que decía.

—Mamá es un servicio que hay. Lo dice aquí —le mostró el *brochure* y ella lo miró cerrando un poco los ojos para enfocar.

—Umm… —asintió con la cabeza—. Pues pídelo. Pero diles que mi café lo quiero cargadito. Que hoy el día es largo —se mostró entusiasmada.

~~~~~~~~~~~

Después de desayunar, Victoria se puso bloqueador solar. Prestó especial atención a sus brazos. En el izquierdo, tenía cuatro pequeñas manchas: dos de ellas con bordes irregulares y más oscuras que las otras. Sobre su brazo derecho, una mancha un poco más grande, con bordes rosados y aspecto reseco. Para cubrirlas se vistió con una blusa de manga larga que hacía juego con su pantalón a la rodilla y sus tenis. Asimismo, obligó a Estefanía a ponerse la crema, en vista de que llevaba una camisa de manguillos que no la cubría del sol.

Estando listas para irse, Victoria se colocó su sombrero y unas gafas; tomó la sombrilla verde fluorescente que le dieron en una promoción, y la guardó en su cartera. Por último, sacó el papel y lo dejó sobre la mesita de noche. Salieron de la habitación y esperaron el elevador.

~~~~~~~~~~~

Caminaron por las calles de la ciudad capital. Victoria estaba agradecida de haberse puesto tenis. Las estrechas aceras estaban llenas de transeúntes y quioscos improvisados; y los adoquines hacían un poco difícil mantener una pisada estable. Estefanía notó la dificultad que estaba teniendo su madre, así que decidió subir al *trolley*. El vehículo era abierto; solo las cuatro filas de asientos, barandas de seguridad alrededor y el techo, sin puertas ni ventanas. Aunque en ese momento unas nubes grises amenazaban con lluvia, Victoria decidió tomar un lugar lejos del sol. Sin embargo, no quería perderse de nada, por lo que hacía maniobras por encima de Estefanía para ver detalles de los lugares por donde pasaban.

Estaba todo muy colorido. Algunos balcones lucían banderas y cintas. A lo lejos, en medio de dos estructuras antiguas, se podía divisar un gran barco de velas atracado en el muelle hacia donde ellas se dirigían. Las tres puntas del barco portaban banderas; a los extremos la de España, y en el centro, la bandera de Puerto Rico como un gesto simbólico de los tripulantes de la embarcación europea.

Bajaron del *trolley* en el puerto. Estaba repleto de gente que miraba con asombro la majestuosidad de las naves. Victoria se detuvo en el barandal frente al barco de México. Quedó sorprendida. Le pareció que estaba frente a una pintura antigua. Sin darse cuenta, una niña de algunos siete años se paró a su lado a mirar también el barco. Ambas tenían el mismo gesto de descubrimiento. La niña, distraída, tomó la mano de Victoria, al confundirla quizás con su madre. Victoria sonrió y le advirtió de su error, y esto hizo que corriera y se pegara a la mujer con quien andaba.

Más adelante, se encontraron frente a la entrega de la placa de reconocimiento al velero ganador, perteneciente a Noruega. El capitán era un hombre alto, de cabello marrón y puntas rubias, con aspecto quemado por el sol. Llevaba un bigote largo del mismo color, que en los extremos casi llegaba a la quijada.

—¡Menudo bigotón se gasta! —comentó Victoria en voz alta, justo cuando el audio de la actividad se detuvo para dar la palabra al ganador.

—¡Mamá! —exclamó Estefanía con asombro conteniendo las ganas de reírse.

Victoria y Estefanía se miraron avergonzadas, y sin poder evitarlo, rieron a carcajadas. Victoria tomó la mano de su hija para apresurarla de un tirón y huir del lugar. Avanzaron cuanto pudieron entre la muchedumbre, riendo durante todo su escape. Se detuvieron frente a un puesto de venta de artesanías. Ambas observaron las prendas y figuras desplegadas en la mesa. Victoria tomó un llavero de madera con un velero tallado a mano. Éste colgaba de una soga blanca, como las que usan en los barcos. Le gustó mucho. Se le pareció al que recién habían visto.

—Para poner las llaves de mi carro —se lo mostró a su hija.

—Mamá, pero si tú no guías y no has querido aprender.

—Ya no aprenderé, pero tú puedes poner tus llaves —se encogió de hombros y colocó de vuelta el llavero a su lugar.

Estefanía tomó el llavero y lo pagó.

—No solo los carros usan llaves —se lo dio a su madre—. Puedes poner las de la casa a lo que aprendes a guiar.

—Gracias Fany, pero prefiero que pongas las llaves de tu carro —lo echó en la cartera que llevaba Estefanía, aunque ella se negó.

Iban a continuar la contienda por el llavero, cuando fueron interrumpidas por la lluvia que aumentó rápidamente su intensidad, obligándolas a avanzar. Victoria sacó la sombrilla y se pegó a su hija para cubrirla. Trataron de buscar un lugar para guarecerse, pero no hubo espacio, así que quedaron empapadas de la cintura hacia abajo. Por suerte, la lluvia duró muy poco, aunque la llovizna tardó en desaparecer, por lo que Victoria mantuvo su sombrilla abierta.

—Por aquí tenemos algunos visitantes que se han dado cita a este magnífico evento náutico —pronunció con voz elocuente una reportera frente a la rampa de subida a la embarcación "Fortuna" de Argentina—. Veamos cómo la están pasando —giró y llamó con su mano a Victoria—. La señora de la sombrilla fluorescente —señaló, dejándola sin escapatoria.

El rostro de Victoria se sonrojó y comenzó a sudar. Estefanía se paró a su lado, la abrazó, sonrió a la cámara y contestó las preguntas de la reportera. Al terminar, Victoria se apresuró a salir del alcance del lente televisivo.

—Hubieses aprovechado para saludar a papá. Seguro te preguntará por qué no lo saludaste. Era tu momento de fama —dijo de broma.

—No, a ti si te dejan le quitas el micrófono y dejas sin trabajo a la pobre Rosa Delia —miró hacia la reportera a la vez que subía la rampa de entrada al barco—. Oye, se ve igualita que en la televisión.

—Dale mamá —le hizo señas para que mirara al frente y se fijara en un desnivel que había en el piso, al final de la rampa.

Entraron al barco e hicieron un recorrido por su interior.

—¡Todo esto es real! —exclamó Victoria con incredulidad y admiración, mientras observaba que el timón era más grande que una rueda de autobús, según comentó después.

Salieron del barco y visitaron varios puestos; uno de ellos de dulces típicos. Compraron para llevarle a Esteban y de camino, comer algunos.

—¿Viste a aquella que por poco se lleva todas las galletas cuca? —comentó Victoria, señalando disimuladamente -según ella- a una muchacha que evidentemente disfrutaba de las galletas y llevó varios paquetes.

—¡Señora Victoria! —dijo Estefanía avergonzada, bajando con la mano el dedo acusador de su mamá.

Más tarde, después de un largo recorrido, decidieron finalmente regresar a la habitación y descansar, no sin antes detenerse en la recepción para dar una llamada de seguimiento a Esteban. De paso, validar que el médico no había llamado y que efectivamente

Esteban las vio en el reportaje. Como anticipó Estefanía, él le reclamó a su esposa por no haberlo saludado en televisión.

~~~~~~~~~~

El penúltimo día de estadía, Victoria no tenía muchas ganas de hacer largas caminatas; el sol estaba intenso y los pies le dolían por la salida del día anterior. Estefanía quería ir a la piscina y Victoria quiso acompañarla, para disfrutar antes de su salida del hotel a la mañana siguiente. Alquilaron una silla con sombrilla gigante y Victoria se colocó bloqueador solar y se cubrió lo mejor que pudo. Pasó bajo la sombra la mayor parte del tiempo. Salió una que otra vez para buscar algo de tomar o recordarle a Estefanía que se retocara la aplicación de la crema protectora.

Aunque había demasiada gente para su gusto, se mantuvo entretenida mirando todo el ambiente y leyendo la revista Teve Guía. Dejó de leerla luego de que terminó el artículo sobre la esposa de un artista, víctima de cáncer, y su despedida. La noticia le evocó una tristeza profunda que casi se sintió como desesperanza. Estefanía notó su cambio en el rostro y salió de la piscina.

—¿Ya quieres irte? ¿Estás bien, mamá? —se puso la toalla.

—No. Disfruta, que tu trabajas demasiado. Estoy bien. Un ratito más y después nos vamos —respondió con voz entrecortada—. Noticias que uno lee y pues... dan tristeza —señaló la revista, Estefanía la miró y la colocó con la portada hacia abajo.

—Te voy a buscar una piña colada para que te animes —comenzó a alejarse—. ¡Sin alcohol, lo sé! —se volteó a decirle.

Victoria volvió a mirar la portada de la revista y luego se recostó. Destapó sus brazos un poco y apreció las manchas. Pasó la punta de sus dedos sobre ellas y sintió en ese momento un vacío en el pecho, que coincidió con la llamada de Esteban a la recepción, la cual se acababa de perder. Era para decirle que el médico llamó.

—Debí decirle a Fany que pase por recepción —comentó para sí.

Al cabo de unos minutos, Estefanía regresó con las bebidas y Victoria aprovechó para decirle.

—Pasamos cuando vayamos de regreso —le respondió.

Victoria no insistió. En el fondo quería retrasar la llamada, porque presentía que algo no andaba bien.

—Mejor llamamos mañana temprano. Hoy disfrutemos el resto de la tarde y la noche. Vamos a comer algo y luego salimos otro ratito —sugirió con tono melancólico, por lo que Estefanía no se negó.

Se quedaron en silencio hasta que se acabó la bebida. Luego recogieron sus cosas y se dirigieron a la habitación. Al pasar por recepción, Estefanía tenía la intención de pararse, pero Victoria la haló del brazo para que no lo hiciera.

~~~~~~~~~~

Cenaron algo liviano que pidieron al cuarto, luego se arreglaron y volvieron a salir.

—Quisiera ver el mar ahora que es de noche —expresó Victoria.

Siguieron caminando hasta llegar a la playa. Pasearon por la orilla y luego se alejaron al ver a una pareja que se besaba. Se sentaron en un viejo tronco y miraron a la profunda oscuridad del mar. A lo lejos se escuchaba la música del evento artístico. Estaba cantando Luis Enrique, acompañado por un cuatro que sonaba magistral.

—Hasta música me pusieron para amenizar la noche —bromeó Victoria—. Volvamos a este hotel el próximo año —añadió con una risa pasmada.

—¿Por qué te ríes? Volvamos cada año si quieres.

—Vuelve el próximo año, aunque yo no pueda —entrelazó sus dedos y fijó su vista en las olas más próximas.

—Volveré, pero quiero que sea contigo —miró las estrellas.

La música tropical se detuvo y comenzó a sonar la plena. Estefanía hizo movimientos de baile con sus hombros e insistió a su mamá para que también lo hiciera. Victoria inició con desgano y luego la imitó con ritmo. En ese momento disfrutó la juventud de su hija y la energía que siempre lograba contagiar. El cielo se vio alumbrado por fuegos artificiales y ambas miraron con felicidad. Sus ojos se hicieron espejo del gran espectáculo de luces. Victoria lo sintió como la despedida de los días más maravillosos que había vivido recientemente.

~~~~~~~~~~

Eran las 8:35 de la mañana. Sorpresivamente, Estefanía se despertó primero que Victoria, así que pidió desayuno y comenzó a empacar. Trató de no hacer ruido, pero fue inevitable cuando se le cayó el estuche de maquillajes. Estefanía miró a su madre por unos segundos pensando que la despertaría, luego continuó recogiendo.

Con la idea de dejarla descansar todo lo posible, decidió también guardar las pertenecías de su mamá. Fue por las cosas que estaban sobre la mesita de noche. Tomó el papel que había puesto allí Victoria y lo abrió: "Biopsia de piel para descartar melanoma" decía la hoja. Dentro de ella, doblada, encontró una tarjeta que decía la información de su médico y el número al cual debía llamar cinco días después de la biopsia, o sea, el día en que llegaron al hotel. "Se le llamará de no recibirse su llamada después de la fecha indicada." Escrito a mano estaba la fecha que ya había pasado.

—Buenos días, mija—saludó Victoria con voz ronca.

—Mamá ¿por qué no habías llamado? Pensé que solo restaba esperar a que te llamaran —cuestionó confundida, manteniendo el papel en la mano.

Victoria se sentó en el borde de la cama lista para pararse, pero se quedó sentada por unos segundos más.

—El miedo —suspiró—... a que me den malas noticias —mantuvo sus ojos hacia el suelo, mientras Estefanía la miraba.

El momento fue interrumpido cuando tocaron a la puerta para entregar el desayuno. Luego, ambas obviaron el tema y comieron en silencio. Al terminar, Victoria comenzó a prepararse antes de que fueran las 11:00, hora de entregar la llave de la habitación. Media hora antes, cuando tenían todo listo para salir, Victoria pidió llamar a su casa.

—Esteban —dio un saludo seco.

—Yo te llamé ayer dos veces y no te consiguieron —explicó Esteban—. El doctor llamó y dijo que lo llames.

—Está bien, yo lo llamo. Te veo luego. Ya mismo vamos para la casa —colgó.

Victoria llamó a la oficina médica y luego de tres intentos, cuando se disponía a darse por vencida, al fin le contestaron. Dio su información y le pidieron esperar en línea.

—Sra. López, el doctor vendrá en breve para hablar con usted. Está atendiendo a un paciente. No se retire, por favor.

—¿Qué pasó que no te atienden? —interrumpió Estefanía con impaciencia.

—El doctor viene... —comenzó a explicar cuando fue interrumpida por el saludo del médico.

—Doña Victoria ¿cómo está usted? —saludó de manera cordial.

—Pues ahí gozando de la vida —dijo Victoria para disimular sus nervios.

—Eso me dijo don Esteban, que anda de hotel y todo. Eso está muy bien —cambió a un tono más serio antes de proseguir—. Doña Victoria, le llamé para decirle de su resultado, en vista de que no nos llamó.

—Sí doctor, lo sé. Dígame.

—Sra. Victoria ¿está su hija con usted? —cuestionó sin esperar la respuesta—. Necesito explicarles algo a ambas. Si ella puede escuchar también sería beneficioso.

Victoria hizo señas a Estefanía y colocó el auricular de tal manera que ambas pudieran escuchar.

—Díganos doctor. Ella está escuchando conmigo.

—Bien. Llegó el resultado de la biopsia de piel. Salió positiva a carcinoma de las células basales. Es un tipo de cáncer —Victoria respiró profundo y Estefanía la tomó del brazo—, que se forma en las células que están en la superficie de la piel —continuó explicando, aunque Victoria ya había dejado de escucharlo desde que mencionó la palabra cáncer.

—Doctor —interrumpió Estefanía—. ¿Podemos pasar por su oficina para que nos explique mejor?

—Claro. Disculpen, claro —se avergonzó al caer en cuenta de que no les había dejado procesar inicialmente la noticia—. Pasen mañana. Les explicaré detalladamente.

Al terminar la llamada, Estefanía abrazó a su madre quien estalló en llanto. Estuvo llorando los próximos minutos, hasta que sonó el teléfono para avisar que ya era tiempo de hacer el chequeo de salida del hotel. Caminaron en silencio por el pasillo y tomaron el elevador. Una vez en la recepción, Estefanía gestionó la salida.

—¿Disfrutaron de su estadía? —preguntó amablemente la misma joven que les atendió al llegar.

—Mis mejores días —dijo Victoria.

—Fueron días muy bonitos e importantes —añadió Estefanía.

—¡Vuelvan pronto!

Salieron del hotel y caminaron hasta alejarse, no sin que antes Victoria volteara a mirar con nostalgia.

~~~~~~~~~~

Había pasado un año desde la última vez que Estefanía estuvo allí. Aún recuerda el bullicio y la algarabía de la Gran Regata Colón 92'. Dispuesta a seguir recordando lo especial de esos días, entró arrastrando su maleta. Colocó la cartera sobre el mostrador para buscar su identificación. Sacó varias cosas y encontró el llavero del barco tallado en madera, que hacía ya un año su madre había colocado allí. Lo miró por un instante y sonrió, mientras que entregaba la tarjeta que finalmente encontró.

Volvió a apreciar el llavero.

—Su habitación es la que solicitó; la 606. Disfrute de la estadía.

Se dirigió al elevador, subió a la habitación y al entrar fue directamente al balcón a observar el mar. Luego entró y abrió su maleta en el piso. Cuando se disponía a sentarse sobre la alfombra, tocaron a la puerta. Estefanía abrió.

—Te dije que iba a buscar el bloqueador solar y no me esperaste —reclamó Victoria.

—Sabía que llegarías. Ya conoces la habitación —comentó mientras sacaba el llavero—. Mira mamá, lo que encontré —movió el llavero en el aire.

—Bueno, pronto me lo devuelves, que ahora que terminé todo el tratamiento, me decidí a coger las clases de guiar —respondió Victoria sonriente, luego se dirigió al balcón, no sin antes colocarse sus gafas y el sombrero—. ¡Ven a ver! —invitó a su hija afuera.

Miraron juntas el mar. Estefanía abrazó a su madre.

—Te amo, mamita.

—Te amo, Fany.

Quemaduras y lunares

Un estruendo repentino hizo que Javier se tirara al suelo para buscar refugio de lo que parecía ser una guerra civil. Trató de esconderse, cuando una bomba molotov atravesó la ventana de la sala y cayó sobre la alfombra. En menos de cinco segundos comenzó el fuego que arrasó con su casa. Quedó atrapado entre las llamas y sintió terror al ver cerca su muerte. Con la misma rapidez con la que el fuego consumía todo a su paso, Javier recordó escenas de su vida, su familia y su amada novia, Luna. Justo se encontraba hablando con ella, cuando comenzó a escuchar el bullicio y el estallido de los cristales en su vecindario. Por ello, para no preocuparla, se apresuró a despedirse brevemente diciéndole; "alguien llegó, te escribo luego, te amo mi luna llena" y cerró la conversación en su computadora en el mismo momento que los cristales de la ventana volaron.

—¡Blanco maldito, sal! ¡Todos los policías deberían morir! —gritaban afuera, pues al parecer creyeron que el padre de Javier, un policía retirado, se encontraba en la casa—. ¡Se creen más valiosos que los negros! ¡Son unos cobardes!

El fuego continuó.

~~~~~~~~~~

Era el 30 de abril de 1992 cuando comenzaron los disturbios en Los Ángeles, California. Dejaron más de cincuenta muertos y sobre dos mil heridos, a consecuencia de los saqueos e incendios. En el momento que fue atacado, Javier se encontraba solo en casa. Sus padres y hermanas habían salido a la iglesia. Sin imaginar que sería una de las víctimas, esa noche Javier decidió quedarse para hablar con Luna.

Desde que se conocieron en una sala de chat, hacía ya ocho meses, casi diariamente se comunicaban por *MSN Messenger*. Aunque solían hacerlo cuando Javier regresaba de la iglesia, pues con los regaños de su madre, era casi imposible saltarse un servicio religioso. Esa noche la pudo convencer de quedarse, con el argumento de que tenía que ultimar detalles del viaje próximo a Puerto Rico. Inicialmente su madre le dijo que no, porque la iglesia ofrecería una misa especial por la paz del lugar. Sin embargo, Javier insistió y le prometió que tan pronto terminara de hablar con Luna, rezaría en su habitación. Su padre le ayudó a convencerla.

Durante las noches previas al evento, Javier y Luna no dejaban de hablar de sus planes de conocerse personalmente. Para ello, Javier viajaría a Puerto Rico para disfrutar juntos de la Regata Colón 92'. Estaban muy ilusionados con el encuentro. Hasta ese momento no se habían visto ni siquiera en fotos. Aun así, sentían conocerse de toda la vida y estaban tan enamorados que, con la descripción hablada de cada uno, era suficiente.

Eugenia, la madre de Javier, era mexicana y se dedicaba a cuidar de sus hijos, especialmente de las niñas, y atender la casa. A Javier, por su parte, le daba bastante libertad, dado que ya tenía cumplido sus dieciocho años y era un joven bueno y responsable, aunque un poco flojo, según le decía cada vez que lo veía chateando en la computadora. Su padre, Alan, un expolicía original de California, dedicaba sus días a hacer muebles de madera en la cochera que había convertido en taller. Él siempre defendía a Javier, alegando a su esposa que ellos también se conocieron a la distancia y habían formado una bonita familia, por lo que su hijo podría correr con la misma suerte en el amor. Eso la dejaba sin argumentos, al menos hasta el próximo día.

El vecindario donde vivían solía ser un lugar tranquilo, pero desde el día anterior al trágico incidente, todo cambió. El 29 de abril de 1992 el país quedó conmocionado por la noticia de que unos policías, luego de dar una golpiza a un afroamericano de apellido King hacía un año atrás, finalmente quedaron absueltos. Eso convirtió a Los Ángeles en "tierra de nadie", lo que llevó a las autoridades a declarar un estado de emergencia.

Estando conscientes de lo peligroso de la situación, los padres de Javier mostraron preocupación por lo que pudiese ocurrir en su ausencia. Antes de salir para la iglesia, Eugenia se detuvo en la puerta para santiguar a Javier, haciendo en el aire la señal de la cruz, mientras pronunciaba la bendición. Esa fue la última vez que lo vio antes del terrible suceso.

~~~~~~~~~~~

29 de abril de 1992

San Juan, Puerto Rico.

—¡Abue, ya los barcos llegaron a España! —anunció Luna emocionada al ver la noticia en la televisión.

—¿Ahora fue que llegaron? Ay mija ¿tú crees que llegarán aquí a tiempo? Pa' mí que no —comentó la abuela Natividad desde la cocina.

—Ay abue, no le eches mal de ojo —protestó Luna—. Dicen que salen el 3 de mayo para acá desde el puerto de Cádiz.

—¿Y cuándo es que llega tu novio invisible? —rio.

—¡Aquí va! —dijo Luna para sí—¿Invisible? Ave María Abue — se dirigió a la cocina— llega el 8 o el 9 de junio. Mañana cuando hablemos me dirá —metió la mano en el caldero y sacó un pedacito de jamón que la abuela recién había echado—. Si el avión llega por la mañana, lo traeré para que lo conozcas antes de irnos al hotel. Si es que no desaparece antes —bromeó—; como es invisible —volvió por jamón y la abuela le dio un pequeño golpe en la mano para que se retirara.

Luna tomó un vaso y se sirvió agua. Luego se quedó mirando por la ventana que daba al patio, desde donde podía divisar un viejo columpio mohoso que solía usar de pequeña. Sonrió.

—Tú no puedes quedarte muchos días por allá. La universidad empieza pronto y no vas a faltar ni el primer día. Con lo que te costó que te dijeran que sí —empujó suavemente a Luna para alcanzar un plato hondo que estaba en el fregadero.

—Pero si empiezo en agosto, abuela. Falta un siglo —rio con ternura.

—Ay mija, si tu madre estuviera aquí, qué orgullosa estaría de ti —detuvo lo que estaba haciendo y se quedó mirando una foto que tenía pegada en la nevera.

Ambas se quedaron en silencio por unos segundos. Luna se limpió rápidamente una lágrima y terminó su agua.

—Abuela, por ahí viene tu novio, don Felipe —salió de la cocina—, ese novio sí que no es invisible. Viene todos los días sin falta —sonrió, se detuvo en la sala para saludar al visitante y luego se fue a su cuarto.

—Novio, ni novio. Dios me libre de faltarle a la memoria de tu abuelo —murmuró, se limpió rápidamente las manos y acomodó su pelo—. ¡Entre don Felipe! —salió a la sala.

—Naty, hola —saludó el hombre estirando el brazo para darle una bolsa con verduras que trajo de su finca.

—Gracias. Siéntate —puso la bolsa al lado del sillón y ocasionalmente la volvía a acomodar con nerviosismo.

Natividad y don Felipe se sentaron a hablar de las noticias del barrio, como casi todos los días. De vez en cuando murmuraban en una conversación ininteligible que no podía faltar.

Felipe era un hombre alto y al parecer fue bastante fornido en sus tiempos de juventud. Su piel blanca ya estaba quemada por el sol y cubierta de unas pequeñas manchas en ambos brazos, que parecían lunares. Había pertenecido al ejército y tenía marcas que demostraban la rudeza que vivió algún tiempo. Estaba bastante arrugado, pero no dejaba de arreglarse y perfumarse para ir a visitar a Naty, desde que ella enviudó hacía ya diez años.

Por su parte, Natividad era una mujer trigueña, de mediana estatura, con pocas arrugas para su edad y cabello ondulado. Tenía una figura esbelta que nunca perdía, gracias al ritual de ponerse una faja en la cintura todos los días, hasta la hora de acostarse, tal como le enseñó su mamá. A pesar de haber tenido nueve hijos, apenas tenía marcas de estrías ni de ninguna operación. Todos sus partos fueron naturales, incluyendo el del hijo menor que pesó casi diez libras y midió veintidós pulgadas y media, como siempre contaba.

—¡Luna! prepara un poco de café pa' don Felipe y pa' mí —gritó la abuela desde la sala, haciendo que Luna volviera a salir de su habitación, luego de llamarla en dos ocasiones.

Luna vivía con su abuela desde los seis años, cuando su madre murió de una extraña enfermedad. A su padre nunca lo conoció. Cuando Luna nació, todos quedaron consternados por el lunar peculiar que cubría gran parte de su mejilla. Era una marca que se asemejaba a la luna en su fase creciente, lo que dio paso a que le pusieran ese nombre. Aunque a su madre y a su abuela les gustaba mucho el lunar, a Luna parecía avergonzarle, ya que la marca había seguido aumentando de tamaño a medida que ella crecía. Durante sus años escolares, fue motivo de burlas y acoso, lo que hacía más difícil que ella aceptara su peculiaridad. Por esa razón, tampoco se lo había dicho a Javier. Solo esperaba que al verla la aceptara y todo continuara tan bonito como hasta el momento.

—Abuela ¿cuánto le echo de harina para que quede cargao' como te gusta? —interrumpió la conversación.

—Pérate un momento, que ésta nos mata con el café. Vengo ahora —se paró con dificultad del sillón ahuecado por el uso y se dirigió a la cocina.

—Pero abuela, no era para que vinieras.

—Sabes que yo no sirvo pa' estar gritando —le quitó el frasco de las manos y se dispuso a continuar.

—Será ahora que no me gritas. Como tienes la visita de tu novio —Luna rio y esquivó la mano de la abuela que intentó darle un golpe para silenciarla.

—Oye Naty —llamó don Felipe desde el sillón—¿viste el caso ese de allá de California? Declararon a los policías inocentes y está la gente...ufff...que quieren matarlos —tomó una pausa, luego continuó con tono de preocupación—. Miedo me da que se forme una guerra civil.

—No lo he visto. Ya mismo pongo las noticias —respondió mientras continuaba con el café—. California... —dijo en voz baja para sí y luego miró a Luna— ¿Ese no es el lugar donde vive tu novio?

Luna la miró atónita y se encogió de hombros, aun sabiendo que la abuela tenía razón.

—Voy a escribirle a ver si se conecta —salió de la cocina de prisa hacia su habitación.

Don Felipe y Natividad continuaron hablando de los acontecimientos, mientras en la habitación, Luna lloraba preocupada.

~~~~~~~~~~

Cayó la noche y Luna no había salido del cuarto desde que se fue a escribirle a Javier. Permanecía sin comer a pesar de que el arroz con jamón de su abuela era su comida favorita. Natividad estaba frente al televisor esperando que comenzaran las noticias, para enterarse de lo que comentó don Felipe, puesto que desde entonces no habían pasado nueva información.

—Luna, ven. Van a dar la noticia. Ya pasaron el avance —la abuela se acomodó en la esquina acostumbrada del sillón.

Luna salió del cuarto con los ojos hinchados y el cabello alborotado. Llevaba consigo la almohada. Se sentó frente al televisor y estrujó sus ojos. La abuela la miró con pena.

—¿Estabas durmiendo o los ojos hinchados son por llorar? ¿Hablaste con tu novio? ¿Es el lugar donde vive? —no dejó de mirarla.

—Estaba durmiendo abuela. No me ha contestado. Le dejé mensajes, pero no se ha conectado.

—¡Que no te ha contestado! Yo no entiendo a la juventud. No sé ni cómo pueden ser novios, él por allá y tú por acá sin verse ni ná' —notó que el semblante de Luna se ponía triste—. Creo que hasta feo es y por eso ni una foto te ha enviado, pa' que no te arrepientas —intentaba hacerla reír cuando fue interrumpida por el comienzo de las noticias.

"La golpiza contra el afroamericano Rodney King por parte de cuatro oficiales de la policía y su ahora absolución a un año del suceso, ha detonado fuertes disturbios, protestas raciales y caos en el sur centro de Los Ángeles, California…" pronunció un reportero de Telemundo, seguido de imágenes para las cuales pedían discreción, dado que presentaban el momento de la brutal golpiza. "Las autoridades temen por saqueos y muertes, mientras piden calma, luego de que varios incidentes violentos fueran reportados en la zona. Más adelante tendremos un reportaje completo".

—¡Jesucristo nos salve de los tiempos postreros! —Natividad miró hacia arriba y alzó ambas manos en señal de ruego, luego apagó el televisor al notar que Luna lloraba.

—Tengo miedo de que le haya pasado algo, abuela —dijo entre lágrimas y abrazó fuerte su almohada.

—Vamos a orar para que todo esté bien, mija. Es lo único que podemos hacer —se sentó al lado de Luna—; por lo pronto, come un poco. No has probado tu arroz favorito —la abrazó.

—No tengo hambre, Abue. Hoy no he sabido de Javier. Voy a escribirle otra vez —se paró y se fue a su habitación, no sin antes darle un beso a su abuela.

~~~~~~~~~~~

El sonido repetitivo de varias notificaciones en la computadora despertó a Luna al amanecer del 30 de abril. Quedó parada de un brinco y abrió la mensajería instantánea sin apenas haberse sentado frente al ordenador. Era Javier, lo que provocó en ella un gran suspiro, incluso sin saber lo que decía. El hecho de que le hubiese escrito era una señal de vida. Haló la incómoda silla que había rescatado de un viejo juego de comedor que desecharon, puso un cojín desgastado encima y se sentó.

javimx2: estoy bien

javimx2: sorry q ayer no te contesté

javimx2: cuando salimos de la misa, mamá se empeñó en reunirnos en casa de los Romero a cantarle las mañanitas a Estrella q cumplió 14

javimx2: al llegar a casa no me dejó prender la compu xq era muy tarde

javimx2: ya sabes cómo se pone

javimx2: y como ya no me deja tener la compu en la habitación y se la llevó a plena sala de estar para vigilarme, no pude hacer nada

lunitapr75: Javiiiiiiiiiii… amoooooor…

javimx2: ja ja ja Lunita hermosa

javimx2: uy uy uy como q alguien me extrañó mucho

Pasó casi un minuto y el mensaje de *"…lunitapr75 está escribiendo…"* permanecía encendido.

lunitapr75: mucho

javimx2: eso es todo????

javimx2: casi llego a Puerto Rico y aun estas escribiendo para solo decir eso?

javimx2: q te pasa mi Lunita hermosa??

javimx2: no me digas q estás enojada

javimx2: perdón por no responder antes

lunitapr75: No es eso Javi

lunitapr75: pensé que algo malo te había pasado

lunitapr75: vi las noticias de allá

javimx2: no mi Luna llena, no pasó nada

javimx2: todo esta rete feo por acá pero no cerca de mi casa

javimx2: aquí en la ciudad de Avalon somos tan pocos q nadie sabe q existimos ja ja

javimx2: tranquila vida mía

lunitapr75: ya quiero verte TE AMO

javimx2: yo a ti te amo más y también quiero verte

javimx2: mira no te preocupes q hoy en la noche hablamos

javimx2: ya tengo el boleto de viaje

javimx2: te cuento luego si es q mamá me deja quedarme xq hay misa especial

javimx2: papá dice q me ayudará a convencerla

lunitapr75: siiii al fin el pasaje, que buena noticia

lunitapr75: falta muy poco para vernos

lunitapr75: no puedo esperar a ver tu carota fea

javimx2: ja ja a poco ya te contaron? ja ja

javimx2: y yo ver tu preciosa carita

javimx2: ya tengo q irme q escuché q mamá se levantó y a esta hora no me quiere en la compu

lunitapr75: está bien, hablamos en la noche

javimx2: adiós mi Luna

lunitapr75: adiós mi sol

~~~~~~~~~~

Cuando Natividad se despertó, ya el aroma a café había invadido la casa. Luna estaba en la cocina preparando el desayuno para ambas y algunas raciones adicionales para cuando don Felipe llegara por casualidad, una de las tres veces al día que pasaba por allí. Por la continuidad de sus visitas, todas con mucho respeto, Luna le había tomado cariño y lo veía como un abuelo, aunque no se lo decía a Natividad para no incomodarla.

—¿Qué olores son esos? —Natividad movió su nariz en el aire para disfrutar el olor a café.

—¡Buenos días Abue! Te hice desayuno —Luna se mostraba muy animada.

—Ay Virgen —puso su mano al revés sobre la frente de Luna— ¿estás enferma? —se fue a sentar.

—¿No puedo tener un detalle con mi abue querida? —lanzó un beso al aire en dirección a su abuela.

—Eso me preguntaba yo, pero no había tenido respuesta hasta hoy. Dios es grande y escucha mis ruegos ¡Amén! —ambas rieron.

Luna puso dos platos en la mesa y las tazas de café. Naty estaba anonadada y miraba sin poderlo creer.

—¿Qué abuela, no te gusta? —sumergió un pedazo de pan en la yema blandita del huevo frito, le dio un mordisco y luego tomó un poco de café.

—Claro que me gusta. Solo estoy esperando un poco a ver si es un sueño, para no ensuciarme la boca en vano —rio, tomó un jamón, lo metió dentro del pan, puso el huevo encima y comenzó a comer, dejando que la yema escurriera entre sus dedos hasta caer en el plato.

—Javier me escribió temprano. Está todo bien. En la noche hablaremos con calma sobre el viaje. Ya tiene el pasaje —no dejaba de sonreír.

—¡Ah caray! Ya sabía yo que había algo raro, pero está bien que yo me beneficie de tu felicidad —rieron a carcajadas—. Permita Dios que seas feliz toda la vida —señaló hacia arriba.

—Ya mismo viene don Felipe por ahí como quien no quiere la cosa —aseguró Luna.

—No mija. Es muy temprano todavía —dijo que no con la cabeza.

—Como si él no hubiese venido antes de que canten los gallos.

—Es que hoy es el último jueves del mes y él visita temprano a su hijo en la cárcel —su rostro tomó seriedad.

—¡Ohhh! —tomó un sorbo de café—. Oye abuela ¿y por qué está preso? Creo que lleva muchos años ya ¿verdad? Imagínate, yo nunca lo he visto —se quedó mirando a su abuela esperando respuesta.

—Eso no es asunto tuyo Luna. Respeta la privacidad de la gente —se paró drásticamente de la mesa y se dirigió a la ventana, abrió las cortinas de la cocina y dejó entrar la suave luz del sol.

—Ay ya. Ok —sumergió un pedazo de pan en el café y lo comió mojado—. Sigue comiendo abuela. Se te va a enfriar.

—¿Y ese otro plato que dejaste ahí? —señaló el plato que estaba tapado con una servilleta.

—Para tu novi... —Luna se arrepintió, al ver que Natividad puso su mano en la cintura y la miró fijamente—...para don Felipe. Pensé que venía temprano por ahí como siempre.

—Entonces lo guardo para después. Seguro que viene antes del mediodía.

—Le tienes el tiempo medido, abuela —puso voz de coqueta, se paró y puso los trastes sucios en el fregadero mientras reía.

—Deja eso ahí, yo los friego.

—Te tomaré la palabra Abue —salió de la cocina llevando la taza de café con ella— voy a limpiar mi cuarto.

—¡Otro milagro! Gloria a Dios por eso —exclamó con una sonrisa.

~~~~~~~~~~~

Esa misma mañana, Javier y su familia desayunaron juntos como de costumbre. Al terminar, Eugenia recogió los platos con la ayuda de su esposo Alan. Luego, pidió a las niñas que tendieran su cama y a Javier que preparara todo para cortar la grama.

—Mamá ¿por qué hoy no iremos a la escuela si tu no nos dejas faltar, aunque estemos enfermas? —preguntó Emma, la hermana de Javier de ocho años.

—Sí mamá ¿por qué? —secundó Julie de diez.

Eugenia miró a su esposo y él asintió con la cabeza.

—Niñas, allá afuera están pasando cosas que pueden ser de peligro. Es mejor que por hoy y mañana nos quedemos aquí.

—¿Nos vamos a morir? —el gesto de Emma sugería que iba a llorar en cualquier momento.

Hubo silencio.

—¡A morir de la risaaaaaa! —Javier la sorprendió por la espalda y comenzó a hacerle cosquillas a las que no pudo resistirse.

Eugenia pensó que se había salvado de dar una respuesta. Sin embargo, mientras Emma estaba tirada en el suelo tratando de escapar de las cosquillas, Julie continuaba mirándola en espera de una explicación.

—Está bien. ¡Niñas —alzó la voz para llamar la atención—, Javier!

—¡Mande! —respondieron a coro.

Todos prestaron atención y terminaron sentándose nuevamente a la mesa. Alan se paró al lado de su esposa y puso la mano en su hombro.

—Estamos viviendo tiempos difíciles por cosas feas que hicieron algunas personas. Pero Dios y la Virgen nos protegen porque somos sus hijos. Hoy iremos a una misa especial para rezar por la paz de todos. Verán que se resolverá. Ahora quiero que vayan a hacer lo que les pedí, pero sin dejar de rezar en sus mentes durante todo el día. Eso es muy importante. ¿Entendido?

Las niñas asintieron con la cabeza y se fueron a la habitación que ambas compartían. Javier se quedó sentado.

—¡Ándale, Javi! Tú también tienes tarea que hacer —Eugenia lo apresuró.

—Mamá, quería decirte algo —miró a su papá buscando apoyo y él movió la cabeza para que comenzara a hablar.

—A ver qué se traen ustedes —Eugenia los miró a ambos.

—Má, es que hoy en la noche necesito hablar con Luna. ¿Puedo quedarme mientras van a la misa? —bajó la cabeza.

—¡Dios libre que te pierdas la misa! —se persignó, haciendo la señal de la cruz desde la frente al pecho y luego de un hombro a otro.

—Mamá, es que debemos hablar del viaje. Tenemos que hacer unos arreglos por allá y no hay mucho tiempo —insistió.

—¡No!

—Pero Amá, si me quedo, te prometo que luego que termine de hablar con Luna me iré a la habitación y rezaré hasta que ustedes lleguen.

Hubo silencio momentáneo.

—Vamos amor —intervino Alan.

—¡Irá a misa! —Eugenia trató de poner voz firme.

—No seas tan dura, mujer. Nuestro hijo siempre tan bien portado. Lo importante es que rece y ya dijo que lo hará —añadió, mientras Eugenia seguía pensativa.

—Bueno, pero lo prometiste y eso es casi como jurar. Terminas temprano de hablar y te pones a rezar —asintió su madre con la cabeza.

—¡Gracias Má! —se paró de la mesa, le dio un beso en la mejilla y se fue.

—Óyeme ¿y a tu padre nada? —protestó Alan, haciendo que Javier regresara donde él.

—¡Gracias Pá! —lo abrazó rápido y se fue—. Los amo hasta la muerte —giró hacia ellos, los señaló con los dos dedos índice y luego puso su puño derecho sobre el lado izquierdo del pecho mientras sonreía.

Eugenia y Alan se miraron extrañados, porque era raro que Javier mostrara su afecto. Permanecieron perplejos por unos minutos, hasta que Javier volvió a pasar para ir a cortar la grama. Afuera, Javier no dejaba de sonreír, pensando en el viaje, hasta que fue interrumpido por un auto que pasó lentamente. En él iban cuatro hombres que se quedaron viendo a la casa. Javier miró a todos lados, cuando uno de ellos hizo una señal que lo dejó paralizado; pasó su dedo pulgar por el cuello, de un lado a otro y luego dio varios golpes en la puerta del auto. Acto seguido, el conductor aceleró a toda velocidad y desaparecieron de su vista.

~~~~~~~~~~

Javier se encontraba hablando con Luna, sobre el viaje pautado para el 8 de junio en la mañana y sintió que algo no andaba bien. Tuvo entonces la urgencia de terminar la conversación cuando comenzó a escuchar el bullicio y los golpes afuera.

javimx2: alguien llegó, te escribo luego

lunitapr75: está bien

javimx2: te amo mi luna llena

lunitapr75: te amo mi sol

Por su parte, mientras su familia estaba en la iglesia, activaron el toque de queda. Un feligrés que había salido al ver las luces de carros policiacos se enteró y dio parte al cura, quien diligentemente terminó el sermón y pidió a todos que regresaran a su hogar con precaución. La calle estaba bastante transitada, habían activado al ejército y ordenaron a todos desalojar las calles. Pasaron camiones de bomberos y policías en varias direcciones. Algunas personas se fueron caminando, porque tampoco había transporte público. Eugenia tenía la cara roja y estaba evidentemente preocupada. Apretó fuerte las manos de las niñas y le pidió a su esposo que avanzara lo más que pudiese, a pesar de que el tránsito estaba muy lento por el gentío.

Alan encendió la radio del auto y sintonizó las noticias donde anunciaron el caos que reinaba en las calles. Eugenia lo apagó luego de que las niñas comenzaran a llorar al ver pasar a algunas personas con botellas prendidas en fuego gritando "muerte a los blancos" "muerte a los policías" y les pidió que se acostaran en el piso del auto y cubrieran sus oídos. Ellas lo hicieron sin cuestionar.

Al llegar a unas cuadras cerca de su casa, les fue imposible continuar. Había camiones de bomberos que cerraron el paso. Eugenia abrió la puerta del auto y Alan la agarró por el brazo.

—¿A dónde vas? ¡No! ¡Quédate aquí! —ordenó.

—¡Mi hijo! —gritó Eugenia, se soltó de la mano de su esposo y salió corriendo.

Alan se encontró en una encrucijada. Quería ir detrás de su esposa, pero no dejar a las niñas solas ni llevarlas con él.

—¡Dios mío ayúdame! —rogó con desesperación, cuando aparecieron el señor y la señora Romero con su hija Estrella.

—Déjanos las niñas. Nuestra casa está más cerca. Ve con Eugenia.

Alan salió corriendo, ignorando a su paso las órdenes de los policías que intentaban detenerlo. Al llegar a su calle vio su casa consumiéndose en llamas. Su esposa se encontraba de rodillas con los brazos hacia el cielo, rezando intermitentemente entre llantos de auxilio. Con un grito desgarrador, cayó de rodillas al lado de su esposa.

~~~~~~~~~~

—¡Lunaa... Lunaaa! —gritó Natividad— ven, Lunaaaa, corre.

—¿Qué es abuela? —salió apresurada de su habitación.

—¡Mira! —señaló a la televisión.

Estaban pasando imágenes impresionantes del sur de Los Ángeles. Casas en fuego, vandalismo, gente encapuchada en las calles rompiendo cristales y saqueando comercios, tumbando letreros y quemando autos.

"Las ciudades más afectadas hasta el momento son Ontario, Avalon, Orange, Bernardino y Ventura. Se estima que las muertes ascienden a cuarenta, mientras la cantidad de heridos sobrepasa los mil quinientos" pronunció el reportero.

Parecían escenas de una película.

—Avalon... —fue lo único que dijo Luna, que permanecía mirando fijamente al televisor.

—Vamos a orar Luna. Eso allá está feo. Oremos por tu novio, por su familia y por todos.

Luna se puso de rodillas y entre lágrimas dejó salir una oración que jamás su abuela había escuchado de su boca. Natividad apagó el televisor, juntó sus manos y comenzó a orar también.

~~~~~~~~~~

Los padres de Javier estaban destruidos al ver su casa ardiendo en llamas. Intentaron entrar, pero la policía se los impidió. Los bomberos trataban de apagar el fuego, pero era muy difícil por la rapidez con la que se consumía todo. La madera del taller de Alan había servido de combustible y parte del techo se comenzó a desprender. Eugenia no dejaba de rezar. Alan, con sus manos sobre la cabeza, miraba al cielo y lloraba desconsolado.

—¡No debí dejar que se quedara!... fue mi culpa —gritó Alan.

—Él va a salir de ahí con vida —afirmó Eugenia.

—Amor por favor —Alan la abrazó fuerte.

—¡No! —se hizo a un lado y alzó sus brazos al cielo—. Padre nuestro que estás en el cielo —continuó rezando en voz alta, casi en un grito, haciendo que muchos de los presentes le siguieran a coro en la plegaria.

"... santificado sea tu nombre; venga a nosotros tu reino; hágase tu voluntad, en la tierra como en el cielo. Danos hoy nuestro pan de cada día;

perdona nuestras ofensas como también nosotros perdonamos a los que nos
ofenden; no nos dejes caer en la tentación, y líbranos del mal..."

En ese momento uno de los vecinos señaló a la casa con asombro. Una de las paredes cayó y Javier salió tambaleándose de entre las llamas. Fue alcanzado por un bombero, quien lo dirigió hacia los paramédicos. Estos lo cubrieron con una manta. La gente empezó a aplaudir, mientras Alan y Eugenia corrieron a él. Parte de su cara estaba quemada y sus brazos también. Sin embargo, sus manos estaban intactas.

—¡Javier, hijo! —Eugenia se lanzó sobre él, tomó sus manos y las besó; pero fue apartada por uno de los paramédicos.

Alan permanecía sin creer lo que veía y agradeció a Dios por la fe de su esposa.

—Hijo... —alcanzó a pronunciar antes de que lo subieran a la ambulancia.

—Estuve rezando mamá —Javier sonrió con gesto de dolor, manteniendo sus manos unidas.

~~~~~~~~~~

Habían pasado varios días y Luna no lograba contactar con Javier. Solo sabía, por las noticias, que el 3 de mayo se levantó el toque de queda. Sin embargo, seguían ocurriendo disturbios esporádicos a pesar de que dos días atrás, el mismo Rodney King pidió que terminaran con la violencia. El 4 de mayo salió la noticia de que comenzaron a reabrir escuelas, bancos y los negocios que quedaron. Muchos establecimientos se perdieron en su totalidad.

Hasta ese momento, nada se sabía de Javier. Luna estaba destruida. Le había escrito en múltiples ocasiones y se mantenía a la espera de alguna información. No comía bien y apenas dormía. Pasaba todo el día en su habitación. Natividad estaba muy preocupada y al parecer don Felipe también. Llevaba días nervioso, según había notado Naty.

~~~~~~~~~~

El 5 de mayo, don Felipe llegó más temprano que nunca y se sentó a hablar con Natividad. Éste le comentó que su hijo preso estaba muriendo y le hizo una solicitud a la que ella dijo rotundamente que no.

—Lo lamento Felipe. No es el momento. Nunca estuvo para ella y ahora es lo menos que necesita saber.

—Lo entiendo Naty y estoy de acuerdo contigo. Perdóname por preguntar. Llevaba días pensándolo, pero le prometí que al menos te lo diría —dirigió su mirada al suelo—. No debemos decirle nada a Luna.

—¿No decir qué, abuela? ¿Don Felipe? —Luna estaba parada en la puerta de la habitación con los ojos hinchados de tanto llorar.

Naty y Felipe se miraron atónitos y permanecieron en silencio. Sucedió que todo este tiempo, escondieron que el hijo de Felipe había procreado a Luna, durante un acto forzado que lo llevó a estar preso, siendo la madre de Luna una de varias víctimas. Felipe se sintió avergonzado cada día de su vida. Debido a esto, diariamente las visitaba y velaba por su bien. En su lecho de muerte, el hijo de Felipe quería pedirle perdón a su hija personalmente, sabiendo que, no conforme con tal atrocidad, también contagió a la madre de Luna de la enfermedad que la llevó a la muerte. Sin embargo, Natividad nunca estuvo de acuerdo en decirle una verdad tan dolorosa a su nieta. Y aunque ese día Luna estuvo cerca de enterarse, su abuela se llevó el secreto a la tumba quince años después, y don Felipe, respetó la decisión de Naty, aun en su ausencia.

—¿Por qué no dicen nada? —Luna continuaba esperando respuesta.

Por suerte, una notificación en la computadora de Luna hizo que entrara corriendo a su cuarto. Pensó que era Javier. Cuando abrió la mensajería, era un nombre de usuario que no conocía.

estrellita78: hola

Luna no tenía interés alguno en responder a nadie que no fuera Javier, así que, a pesar de ver el aviso de [...*estrellita78 está escribiendo* ...] se dispuso a bloquear al usuario, pero justo recibió un nuevo mensaje.

estrellita78: mi luna llena

Los ojos de Luna se llenaron de un brillo especial y su cara de sorpresa y felicidad era evidente.

lunitapr75: mi soooooooool

estrellita78: ja ja calma calma que estoy en la computadora de Estrella

estrellita78: estaremos en casa de los Romero hasta conseguir una casa

estrellita78: perdón por no escribirte

estrellita78: estuve de vacaciones en el hospital ja ja

lunitapr75: hospital??? Que pasó??? Conseguir una casa??? y la tuya???

estrellita78: todo se puso re feo mi lunita, la casa se quemó, perdimos todas nuestras cosas, pero todos estamos bien y a salvo

estrellita78: mamá dice que fue un milagro

estrellita78: te cuento luego con calma, solo quería que supieras que estoy bien y que te amo mi hermosa Luna

lunitapr75: sabía que algo pasaba

lunitapr75: pude haberte perdido :'(

estrellita78: también quiero que sepas que ya no soy tan apuesto, pero sigo siendo encantador

lunitapr75: no sé de qué hablas

estrellita78: ja ja nada mi Luna ya te contaré

lunitapr75: bueno eso espero, porque no entiendo nada

estrellita78: me tengo que ir

estrellita78: pero borraré todo para que no descubran que estás loquita por mí ja ja

lunitapr75: tonto! ja ja ja

estrellita78: te amo mi Luna

lunitapr75: te amo mi sol

Después de que Luna supo de Javier, olvidó todo sobre la extraña conversación de su abuela y don Felipe. Se llenó de una felicidad mayor que la anterior y contaba los días para volver a saber de él.

Días después, pudieron hablar finalmente y Javier le contó todo lo que pasó y que su cara, pecho y brazos estaban quemados. Luna aprovechó para hablarle del lunar que cubría parte de su cara y por qué no le contó antes. Javier hizo algunas bromas tiernas al respecto y a Luna no le importó el aspecto que pudiesen tener sus quemaduras. Sin embargo, los planes de verse dependían de su recuperación. Por suerte, comenzó a sanar con bastante rapidez, aunque todo parecía indicar que las cicatrices serían algo profundas.

~~~~~~~~~~

8 de junio de 1992

Aeropuerto Internacional Luis Muñoz Marín

Carolina, Puerto Rico

—¿Mi Luna llena?

Luna volteó a mirar al escuchar la tierna voz que decía su nombre.

—¡Mi sol!

Los ojos de Luna y Javier se encontraron por primera vez. Luna avanzó a acercarse y se abrazaron fuerte por unos segundos. Al terminar el abrazo, sus caras quedaron muy cerca. Luna pasó suavemente su mano sobre la quemadura de Javier, mientras él pasó su mano por el lunar de ella.

—Solo hay un problema y me siento engañado —dijo Javier, apartó un poco su cara de ella y observó con detenimiento— esta es una luna creciente, no una luna llena.

—¡Tonto!

Ambos rieron y unieron sus labios en el primer beso que los llevó a una vida juntos, donde su historia de amor siempre encabezó las charlas familiares con sus hijos, Naty, Sol Eugenia y Alan Javier.

Ojeras

Me encontraba en la recepción cuando lo vi entrar al hotel. Recuerdo que me llamó la atención por su aspecto enfermo. Se veía pálido, cansado y tenía unas ojeras muy marcadas. Yo continué organizando los documentos del *check in* de los huéspedes, mientras mi compañera, Eva, lo atendió. Sin embargo, no pude dejar de mirarlo.

—Bienvenido al hotel El Lago ¿Cómo le puedo ayudar? —lo recibió ella amablemente, lo cual me extrañó.

De todos, ella era "la menos dada al servicio al cliente" como decía el supervisor. Estaba nerviosa, se le notaba. Trató de disimularlo con una sonrisa que lo hizo más evidente, ya que tampoco era usual.

—Quiero una habitación. Me llamo Ignacio Rosales —le respondió con una voz ronca que luego se aclaró, como si hubiese estado en silencio por mucho tiempo—. Será por dos días si es tan amable, señorita.

En ese instante, colocó sobre el mostrador un saco mediano de tela color azul marino, con un cierre de cordón amarrado en forma de lazo. Sacó dinero de su billetera dispuesto a pagar el alojamiento y estiró el brazo para que Eva lo tomara.

—¿Tiene reservación? —le preguntó ella, mirando momentáneamente el saco que yo también tuve que observar.

—No tengo —parecía nervioso.

—Lo lamento señor, no tenemos habitaciones desocupadas —le informó luego de buscar en el registro por vacantes.

—Por favor, necesito estar aquí estos días. Vengo desde muy lejos. No puedo regresar hoy a casa —insistió con voz entrecortada. Me pareció una petición de ruego.

—Discúlpeme, no puedo hacer nada. Estos días está todo lleno por la Regata.

—Si se desocupa alguna habitación, la que sea, si alguien cancela ¿sería posible avisarme? —insistió.

—Normalmente es posible, pero estos días dudo que eso ocurra. No es algo que le pueda garantizar.

—Esperaré cerca y volveré luego —le contestó con seguridad.

Pieles

El hombre tomó nuevamente el saco para salir del hotel. Antes de irse, se detuvo a dar un recorrido con la mirada a las instalaciones. Al instante decidí seguirlo.

—¿A dónde vas, Jorge? —me preguntó Eva cuando dejé todo para ir tras él.

—Cúbreme —le pedí con toda confianza.

Sin embargo, había olvidado que la última vez que ella me pidió lo mismo, le dije que no. Aunque noté su gesto de disgusto, la ignoré y seguí. Me fui sin esperar su respuesta, evitando perder de vista al hombre con ojeras. Estaba dispuesto a descubrir las razones del visitante para estar allí, y claro, lo que llevaba en el saco. Al principio fue bastante fácil seguirle el paso. Caminaba lento, arrastrando los pies la mayor parte del tiempo. Además, la cantidad de gente no le permitía ir rápido, así que pude mantenerme cerca entre la muchedumbre.

—¡Jorge! —me saludó un compañero al pasar.

El saludo debió alertar a Ignacio que giró momentáneamente para mirar atrás. Lo saludé con un ademán rápido, miré hacia otro lado y me detuve por unos segundos en un puesto de artesanías para disimular. Luego continué. Durante todo el trayecto, Ignacio no ponía esfuerzo alguno en esquivar a la gente que se cruzaba en su camino. Era como si su mente estuviese en otro lugar.

—¿Qué le pasará? —me pregunté—. Qué raro es.

Al cabo de poco tiempo, Ignacio se detuvo nuevamente y volvió a mirar hacia atrás. Quizás pudo percibir que lo seguía. Aunque yo era muy cuidadoso. Volteé casi de espaldas para que no viera mi rostro, ya que la vez anterior creo que me miró. Me paré frente al carrito de piraguas y, para no levantar sospechas, compré una. La gente alrededor parecía haberse incomodado. Estaban esperando en fila cuando aproveché que un niño extendía un dólar para pagar, y pedí.

—¡Oye, haz la fila! —dijo una señora que parecía bastante molesta—. Llevamos aquí rato y tú vienes de la nada a colarte —continuó.

Provocó un revuelo en los demás que aprovecharon para también protestar. Entre los murmullos, tomé la piragua, pagué y me fui. Lo menos que necesitaba en ese momento era llamar la atención. Cuando volví, Ignacio había desaparecido. Miré a todos lados y no lo vi. Avancé un poco, pasé por algunos quioscos y nada. Lo perdí. Decidí entonces regresar al hotel. Imaginé que Eva ya había dado la noticia de que dejé mi puesto. Para evitar pasar nuevamente por las piraguas, tomé un atajo y me detuve un instante frente a la premiación del velero ganador. Creo que era de España o de Noruega o Brasil. No lo sé.

—¡Menudo bigotón se gasta este! —gritó una señora justo cuando todo se había quedado en silencio.

Se refería al capitán del barco. Y no era para menos. Tenía un bigote que casi chocaba con el micrófono. No pude aguantar la risa, aunque me dio vergüenza ajena y creo que a ella también, porque se marchó rápidamente de allí. Ya para ese momento, lo que quedaba de la piragua se había derretido, así que me acerqué al zafacón para botarla, cuando lo vi. Ignacio estaba frente al velero de Colombia llamado "Gloria". Recuerdo el nombre porque así se llamaba mi tía que, por cierto, fue quien me crio. En fin, lo encontré. Estaba embelesado frente al barco. Al parecer era la primera vez que veía uno tan de cerca y, a decir verdad, yo también.

Me abrí paso entre la gente y llegué lo más cerca que pude de él. En un momento tuve que esconderme. Vi a tres compañeros de trabajo dirigirse hacia donde me encontraba. Aunque inicialmente no pude divisar de quienes se trataba, sé que eran del hotel por la ropa idéntica a la mía; un polo color vino y un pantalón a la rodilla color crema. Seguían a dos chicas que iban en frente. Una vestía de mahón largo azul claro, con una blusa sin mangas color blanca. La otra tenía puesto un conjunto estampado de flores; la blusa amarrada más arriba de la cintura mostrando el ombligo y la falda a mitad de muslo, que se le subía cada vez que soplaba el viento.

Ellos no perdían la oportunidad para echar un ojo, lo que me pareció de muy mal gusto, porque no disimulaban ni un poco. Aunque las chicas se veían bastante risueñas como para estar molestas.

Una vez ya habían pasado, pude confirmar que eran de los empleados del próximo turno, por lo que caí en cuenta de que debía regresar pronto al hotel. Antes de irme, me volví a acercar a Ignacio, que seguía en el mismo lugar. Tenía la bolsa de tela apretada a su pecho y su mirada tan fija que no se percató cuando estaba a pocos centímetros de él. Intenté ver el contenido que llevaba dentro, pero no fue posible. Lo que sí noté era que jugaba con el anillo que llevaba puesto, dándole vueltas sin quitárselo.

Pasó la mano por su mejilla, luego sacó un pañuelo de su bolsillo y se limpió la cara. Aproveché que estaba distraído para llegar a su lado. Noté que su ropa estaba curtida, y sin exagerar, no olía muy fresco que digamos. Quizás llevaba bastante tiempo sin tomar un baño. Traté de enfocar mis ojos para saber de qué eran unas pequeñas manchas rojas sobre la manga derecha de su camisa, y de paso, volver a mirar el saco. En ese momento lo bajó, guardó el pañuelo y noté su intención de moverse, así que me escurrí con rapidez para alejarme.

Me escondí detrás de una señora robusta que hacía fila para comprar en uno de los quioscos. Ignacio giró y comenzó a caminar, retirándose del lugar. Iba en dirección al hotel. Me pareció perfecto, porque ya tenía que irme. De camino, noté a un niño de unos nueve años y una niña más pequeña, que lo miraron con curiosidad. Estaban sentados en el borde de un muro de cemento un poco alto para ellos. Una pareja, que asumo que eran sus padres por el parecido físico, los abrazaban por la cintura.

—¿Qué le pasa a ese señor? —señaló sin reparo la niña.

Su mamá le dio un pequeño golpe en la mano para que la bajara.

—Deja de estar señalando a la gente —la reprendió.

—¿Está enfermo? —insistió con curiosidad, sin poder mover las manos que quedaron atrapadas entre los brazos de la mujer.

El caballero a su lado tomó a la niña y la bajó al suelo, creo que castigándola por su imprudencia.

—¡Ya sé! Estaba llorando mucho. Mírale los ojos, tiene unas bolsas grandes —explicó el niño con toda seguridad. Luego se tapó la nariz cuando Ignacio pasó por su lado—. ¡Y apesta! —añadió con la voz fañosa por el apretón.

Ignacio miró de reojo y siguió, mientras los niños continuaban recibiendo regaños y yo seguía detrás de él, con la mala suerte de que el viento soplaba hacia mí. El niño tenía razón.

El sol calentó un poco más de lo que esperaba y el calor aumentó con rapidez. Esto debió incomodar a Ignacio porque se detuvo frente a un local que tenía una cortina azul, medianamente amplia, que ofrecía una buena sombra. Por suerte, el establecimiento hacía esquina, por lo que pude detenerme a un lado sin ser visto. De vez en cuando asomaba la cabeza con sigilo, para asegurarme que continuaba allí. Su piel morena brillaba por el sudor y su poco cabello, repleto de canas, estaba alborotado. Su barba se veía crecida y descuidada. Del otro lado de su camisa noté que también tenía las mismas manchas rojas; parecían salpicaduras.

Vi su brazo moverse, lo que me hizo pensar que continuaría caminando, así que me dispuse a seguirlo otra vez. Ignacio reanudó su marcha y dobló en la esquina, así que aceleré el paso para no perderlo. Al girar, sorpresivamente me lo encontré de frente. Casi tropiezo con él.

Su mirada se fijó en la mía.

—¿Por qué me sigues? —no dejaba de mirarme.

Mi corazón se aceleró. Me había descubierto y no tenía una explicación para darle.

—Solo quería decirle que estaré pendiente por si se vacía una habitación. ¿Dónde puedo encontrarlo si eso sucede? —no se me ocurrió nada más.

Él cambió su semblante. Parecía haberme creído. Tragué saliva mientras esperaba su respuesta, tratando de ocultar mi nerviosismo. Ahí noté que sus ojeras eran más graves de lo que había percibido antes.

—Estaré cerca del hotel. Por el momento no iré a ningún lado —bajó su mirada al saco, obligándome a mirar también.

En ese instante sentí una gran curiosidad de preguntar qué llevaba en él, pero no quería incomodarlo más.

—¿De dónde viene? —intenté comenzar una conversación.

—De lejos —respondió con frialdad, giró y comenzó a caminar.

No dijo nada más. Prácticamente me dejó hablando solo. Estuvo callado todo el camino hasta el hotel. Yo no insistí. Aún me duraba el susto de ser descubierto. Al llegar, se paró frente al jardín, sacó su pañuelo y secó el sudor de su frente. Entré al hotel y Eva me hizo una seña brusca con la mano para que fuera donde ella.

—¿Dónde estabas metido? —su voz era de enojo—. El supervisor preguntó por ti. ¿Estás buscando que te vuelvan a suspender? ¿Ese es el señor de horita? —no me dejó responder y siguió—. ¿Qué hace allí? —miró a Ignacio con cara de extrañeza—. Es un hombre muy misterioso —luego me miró, creo que esperando una explicación.

—Sí, eso pensé. Es raro —evadí sus preguntas aprovechando que sonó el teléfono y ella lo contestó, como siempre.

Continué la tarea que había dejado antes a medias, sin dejar de mirar de vez en cuando hacia afuera para asegurarme de no perderlo de vista. Ignacio miró repentinamente hacia la recepción y me sorprendió observándolo, sin darme tiempo a cambiar la mirada. Le di una sonrisa pasmada, hice un pequeño movimiento de cabeza, como si lo saludara casualmente, y cambié la vista hacia los papeles. Poco tiempo después volví a mirar y ya lo tenía de frente. Di un brinco del susto.

—¿Puedo usar el baño? —me miró fijamente, lo que no me dejó opción.

—Claro. Es por ese pasillo, la segunda puerta a la derecha. Lo verá identificado —señalé.

Antes de ir, subió el saco y lo puso sobre el mostrador.

—¿Podría dejar esto aquí por un momento? Cuídalo bien, por favor —se alejó sin esperar respuesta.

Eva estaba a punto de irse, pero se detuvo. Ambos miramos con curiosidad.

—¿Y si lo abrimos? —sugerí, sabiendo que ella no aceptaría.

—¡Estás loco! Si te ve puede acusarte. Siempre tan entrometido —torció la mirada con fastidio pensando que no la había visto.

No le hice caso. Caminé a la esquina del mostrador y estiré el cuello para mirar y asegurarme de que Ignacio se había alejado. Regresé frente al saco y rápidamente tomé el cordón y lo halé sin pensarlo dos veces.

—¡No, Jorge! —Eva se puso nerviosa y miró a un lado y al otro.

—Shhh…

Avancé y lo desaté por completo, provocando que la tela cayera ligeramente. La extendí a los lados para que quedara abierto y poder ver el contenido. En el interior había una caja de madera. No tenía candado ni cierre, así que me dispuse a levantar la tapa, cuando Eva me interrumpió retirando mi mano bruscamente.

—¡Oye! ¿Qué rayos te pasa? —protesté con sorpresa, me asustó.

—Ya viene —me advirtió, luego trató de alejarse de mí, quizás para no estar envuelta en caso de que me atraparan.

Cerré con rapidez y traté de colocar el lazo tal como lo encontré, aunque no estaba seguro de que me quedara igual. Sin embargo, me dio tiempo antes de que Ignacio llegara al mostrador, por lo pausado de su caminar.

—Regresó rápido. ¿Encontró el baño? —me hice el que no lo vi acercarse.

—Sí. Gracias —tomó el saco—. ¿Ya habrá una habitación? —aprovechó para preguntar.

—No señor —miré el lazo mal hecho y me puse nervioso—, todavía no —tragué hondo.

—Entiendo —salió nuevamente al jardín sin decir nada más.

Eva, desde la esquina, me miró con desaprobación. Giró la cabeza lentamente de lado a lado y torció la mirada, esta vez sin disimulo. Por último, tomó su cartera y salió del mostrador.

—¿Piensas quedarte horas extras? —me dijo con sarcasmo.

—Si me las pagan, me quedo —traté de bromear, pero me detuve cuando vi que se quedó seria.

Llegaron los dos compañeros del turno entrante, así que no tuve más remedio que salir. No quería irme. La curiosidad por saber de Ignacio mantuvo mi cabeza llena de preguntas. De todas formas, decidí retirarme a casa, sabiendo que al próximo día probablemente ya se habría marchado. Salí del hotel y lo busqué por el jardín. Ya no estaba. Tampoco lo vi en los alrededores, ni en el estacionamiento. Desapareció.

~~~~~~~~~~

Al día siguiente llegué a mi turno y vi el hotel más lleno que nunca.

—¡Buenos días, Eva! —sonreí.

—Mm —permaneció seria y salió de la recepción.

—¿A esta qué le pasa? —pregunté a Sofía, que se encontraba también allí.

—No lo sé ni me interesa. Sabes que siempre está malhumorada —continuó arreglando los papeles—. Hoy me toca aquí contigo —anunció, lo que me tomó por sorpresa.

—¿Y Eva? Este es su puesto.

—Pidió cambio. Hoy le toca en el área de la piscina.

—Pero si ella detesta el sol.

—Ella detesta todo y parece que también a ti —bromeó.

Me quedé pensativo por unos segundos.

—Bueno, pues hagamos equipo —traté de sonar entusiasmado, cosa que Sofía no escuchó. Se había ocupado en una llamada.

En busca de señales del hombre de las ojeras, miré alrededor de la recepción y hacia el jardín. Luego se me ocurrió verificar la disponibilidad de habitaciones. No había ninguna. Tan pronto Sofía colgó, aproveché para hablarle.

—¿Ha venido alguien sin reservación pidiendo habitaciones hoy? —no quería preguntar por Ignacio directamente.

—No creo. No sé. Yo también acabo de llegar —respondió con desinterés, por lo que no insistí.

El teléfono sonó nuevamente y Sofía contestó. Yo continué organizando algunos documentos que debía archivar desde mi turno anterior, por si el supervisor llegaba, no quedar en evidencia de mis tareas incompletas.

—Cúbreme un momento —me pidió Sofía y salió de prisa.

Al cabo de unos minutos regresó.

—¿Qué pasó? —pregunté sin dejarla llegar.

—Un señor que estaba durmiendo en el área de la piscina sin estar alojado en el hotel. Se veía raro. Estaba un poco sucio y con unas ojeras que parece no haber dormido por meses.

—¡¿Qué?! —estaba seguro de que era Ignacio—. ¿Y qué hicieron con él? —miré hacia afuera a ver si lo localizaba.

—Avisé a seguridad. Eva me pidió que no te lo dijera, pero como de todas formas siempre te enteras —hizo una pausa de arrepentimiento—. De verdad que le caes mal —rio sin saber que probablemente era cierto.

Busqué alguna buena excusa para salir, pero no se me ocurrió nada, hasta que miré al pasillo.

—Voy al baño. Vengo ya.

Me aseguré de que Sofía no miraba y salí en dirección contraria. Avancé hacia el área de la piscina, pero cuando vi a Eva me escondí. No quería que me delatara. Evidentemente seguía molesta conmigo por lo del saco. Vi que la seguridad escoltaba a Ignacio fuera del hotel y los seguí. Una vez lo alejaron lo suficiente y se fueron, lo alcancé.

—¡Ignacio! —no sé por qué lo llamé, fue automático.

—¿Ya hay una habitación? —su rostro era de aflicción y sus ojeras estaban peor.

Sentí pesar de verlo en esas condiciones. Aun sin saber qué le pasaba.

—No hay habitaciones. Lo siento —realmente lo sentía, ya que su aspecto estaba más demacrado que el día anterior, probablemente por no haber descansado.

Giró para seguir caminando.

—¡Espere! —lo hice detenerse—. ¿Usted ha comido recientemente?

—No.

—Le puedo conseguir algo. Un café al menos —sugerí casi seguro de que aceptaría.

—No, gracias —continuó caminando.

—¿A dónde va?

Me ignoró. Me quedé parado algunos segundos por si se arrepentía, pero cuando vi que se retiraba, di media vuelta para regresar a la recepción y lo escuché decir "el barco". Eso me hizo pensar que visitaría nuevamente las embarcaciones y quise ir tras él. Sin embargo, no podía desaparecer otra vez. Sería muy arriesgado y podría perder el empleo.

Entré al hotel un poco distraído y casi llegando al mostrador me percaté de que el supervisor estaba hablando con Sofía. Hice un viraje y me desvié al baño sin que me vieran. Salí sobándome la barriga, para fingir malestar y tener excusa por mi retraso.

—Pensé que el baño te había tragado —comentó Raúl, el supervisor—. Te estaba esperando —añadió con seriedad.

—Es que algo me cayó mal —continué masajeando para hacerlo creíble.

Tenía la esperanza de que me creyera y si corría con suerte, me enviara temprano a casa.

—No me digas que te vas —me reclamó—. Necesito que hablemos.

Por su tono, entendí que no tenía opción de irme y que al parecer estaba en problemas.

—No, yo espero sentirme mejor durante el día. Dígame ¿qué sucede? —imaginé que seguramente Eva había ido con el chisme.

—Es sobre la vigilancia al señor de las ojeras —dijo Raúl, luego volteó para atender una duda que tenía Sofía.

Aprovechando la interrupción comencé a buscar alguna excusa, pero no tenía ninguna explicación lógica para darle. Estaba dispuesto a confesar y salir del turno, mínimo, con un memo por abandonar mi área de trabajo. Ya sería el segundo en menos de tres meses.

—Jefe... —la voz me tembló y comencé a sudar.

—Permíteme terminar —me detuvo en seco, por lo que supe que estaba perdido—. Sobre el visitante —continuó—, me dijeron que estaba durmiendo por ahí y que ayer estuvo pidiendo una habitación.

—Sí —no supe qué más decir, ni cuanto Eva le había contado.

—Dado a que eres un investigador nato y siempre estás al tanto de todo —comentó (no sabía si sentirme alagado o era la introducción para el *warning*)—, necesito que lo vigiles de cerca. Esa será tu tarea de hoy —me ordenó, dejándome pasmado—. No quiero que ande molestando a los huéspedes, pero tampoco es posible enviar a seguridad detrás de él. No puedo dejar las áreas descubiertas con todo este evento y el hotel lleno.

Me sorprendió mucho su petición y quería ir rápido en busca de Ignacio, pero quise actuar con desinterés.

—Pero jefe, debo estar en la recepción, no puedo dejar a Sofía sola. Horita esto se llena aún más —pretendí estar preocupado.

—No hay problema, traeré a uno de los temporeros —puso la mano sobre mi hombro—. Ve a lo que te pedí, pero cuidado, que no te vea. No quiero problemas y creo que tú tampoco. Avísame cualquier eventualidad —me empujó con disimulo.

Me puse en marcha y salí de inmediato, aun sin creer que se me dio lo que quería. Durante el trayecto, me mantuve observando a todos lados por si veía a Ignacio detenido en algún lugar. No puedo negar que por un momento me distraje con un desfile de bailarines que pasó detrás de la banda municipal. Cuando caí en cuenta del tiempo que perdí, me di prisa.

—¿Viste esas ojeras? —comentó una señora de mediana edad que pasaba, aun mirando hacia atrás sin reparo.

Aceleré el paso y di por hecho que era Ignacio. Me encontré casi de frente con una reportera que entrevistaba al alcalde de San Juan y quise esconderme de la cámara. Entonces recordé que en esa ocasión sí tenía autorización, lo que me dio alivio. Llegué al velero Gloria y divisé a Ignacio formado en una fila larga para visitar la embarcación una vez la abrieran. Quería colocarme detrás de él, pero recordé el revuelo que causé en las piraguas cuando me colé, así que solo permanecí cerca.

Pasó alrededor de media hora y yo estaba cansado de esperar. Además, el sol estaba intenso y comencé a sudar, cosa que odiaba por completo. Quise irme. Por suerte, abrieron la rampa para subir al barco. La fila se movía lento. Había dos marineros controlando el paso y solo dejaban entrar a cinco personas a la vez. Faltaba un poco para el turno de Ignacio, cuando cerraron y no dejaron entrar a nadie más.

Según escuché, una lancha de Acuaexpreso chocó accidentalmente con el buque español Juan Sebastián Elcano y hubo personas lesionadas. Aunque luego abrirían nuevamente al público, la fila comenzó a disiparse, excepto por Ignacio y otras pocas personas que decidieron esperar. En ese momento aproveché para acercarme, en el preciso instante en que él giró y sin remedio, me vio.

—¿Ya hay una habitación? —me preguntó al reconocerme.

—No. No hay —le dije apenado—. Solo vine a dar un paseo y vi la fila vacía y pues, decidí quedarme, porque las demás están muy llenas —añadí luego de unos segundos de silencio—. Nunca he entrado a un barco. Quiero ver cómo es por dentro —comenté esperando que conversara conmigo, pero siguió callado.

Creo que fue una buena excusa, aunque no sé si me creyó esta vez, pues me dio la espalda y continuó esperando. Yo no pude aguantar más la curiosidad y decidí ser directo.

—Ignacio —volteó y me miró—, ¿qué le trae por aquí? ¿De dónde viene? ¿Por qué no se marchó cuando no encontró habitación disponible?

—Esas son muchas preguntas, joven —volvió a darme la espalda.

Yo ya estaba cansado de estar allí, tenía sed y hambre. No solía dejar pasar mi hora de *break*, por más ocupado que estuviese. Decidí que regresaría al hotel, me di media vuelta y antes de que diera un paso, Ignacio me habló.

—El barco.

—Sí, es un barco impresionante, pero ya me tengo que ir. Parece que no abrirán hasta que se vaya la ambulancia que pasó horita hacia el puerto —me rendí.

—El barco, se llama como mi esposa, Gloria —se le quebró la voz.

Me quedé sin palabras. Pero seguían rondando en mi cabeza muchas preguntas. A Ignacio se le salió una lágrima y me sentí verdaderamente conmovido. Vi que cerca del lugar había un banco vacío y lo invité a sentarse. Llevaba parado muchas horas y no había dormido ni comido desde el día anterior.

—No quiero perder mi lugar en la fila. Ve tú.

—Vamos ambos —insistí y, en un acto seguido, me volteé hacia una señora que estaba detrás de nosotros—. Disculpe ¿puede guardarnos el lugar? Él está muy cansado y nos sentaremos un rato mientras abren el barco.

La señora estuvo de acuerdo, así que Ignacio accedió y nos fuimos a sentar.

—¿Qué pasó con Gloria? —retomé el tema, puesto que no lo vi con intención de continuar hablando.

—Murió —inclinó su cabeza, pero pude notar las lágrimas.

—Lo siento mucho —puse mi mano sutilmente sobre su espalda. No estaba seguro si se molestaría.

—Ella quería venir a ver los barcos. Siempre le gustaron. Cuando supo de la Regata comenzó a hacer planes para venir. Me quedé callado. No quise seguir haciendo preguntas. Pude notar su sufrimiento al hablar de ella. Miró al barco y continuó contándome.

—Ese barco me la recuerda —señaló—. Se llama como ella. Creo que es una señal.

—Entiendo —no supe qué más decirle. Estaba avergonzado por haberlo perseguido y juzgado sin saber.

—Murió del corazón hace dos semanas. Le pedí que no me dejara, pero ya estaba muy débil. No resistió —sus lágrimas continuaron, sacó su pañuelo y las secó. Luego hizo silencio.

—¿Usted viene desde lejos? —pregunté en voz baja para respetar su dolor.

—Sí, soy de Mayagüez. Pagué un carro público para que me trajera. Me buscará mañana. No tengo como irme antes. No podía faltar a este evento. Le prometí traerla a ver los barcos.

—Pero Ignacio —dudé en comentar, pero proseguí—, ya ella no está —tomé aire y continué—. ¿Por qué aun así vino?

—La traje conmigo —tomó el saco, lo llevó a su pecho y lo apretó. El barco abrió su entrada, sin embargo, Ignacio no se inmutó. Se veía muy afectado. Puso el saco sobre sus piernas y haló el cordón con manos temblorosas. Lo abrió lo más que pudo, dejando ver la caja en su interior.

—Son sus cenizas —colocó sus manos sobre la caja.

—¡Trajo a Gloria! —dije asombrado.

—Se lo prometí mientras moría. Aún la recuerdo. Cuando se lo dije, me miró, sonrió y me dijo; "Claro que me llevarás. Siempre me complaciste. Llévame, aunque sea en una cajita. Luego me dejas por allí o me tiras al mar. Estaré feliz".

—Ignacio lo siento mucho —mis ojos se cristalizaron, pero aguanté las ganas de llorar.

—Ella era mi vida. Cada día desayunábamos juntos, veíamos televisión, hablábamos y reíamos. Todo, juntos. Desde que se fue no puedo hacer nada de eso.

—Es muy pronto, pero el tiempo seguirá pasando y un día podrá recordarla mientras usted sigue haciendo esas cosas —expresé, sabiendo, por la experiencia con la muerte de mi madre, que no había palabras que pudiesen dar consuelo en ese momento.

—El día que murió —continuó hablando de espacio mientras acariciaba la caja—, estaba pintando un barco que tallé. Le gusta...

—suspiró— le gustaba el color rojo, así que fue el color que le puse. Era una sorpresa.

—¿Es artesano? —miré las manchas rojas en su camisa y todo cobró sentido.

—Sí —volvió a abrazar a Gloria.

Ambos miramos el barco y hubo silencio por al menos dos minutos.

—¿Qué quiere hacer, Ignacio?

—Quiero llevarla al barco y dejarla en el mar —suspiró profundo.

—Pues ya no hay fila —señalé—, mire.

—No sé si me dejarán esparcir sus cenizas desde allí, pero quiero intentarlo. Se lo prometí.

Me había quedado sin palabras, hasta que tuve una idea para ayudarlo.

—Espere aquí un momento —me paré con determinación y me dirigí al barco.

Hablé con los dos marineros que controlaban la entrada y les expliqué. Inicialmente me dijeron que no, hasta que señalé a Ignacio y lo vieron justamente secando sus lágrimas. Me pidieron esperar para hablar con el capitán, entonces regresaron con la aprobación.

—Ignacio, venga. Llevemos a Gloria al barco —le sonreí con respeto, ayudándole a pararse.

Caminó lentamente hasta la rampa de entrada. Arriba, el capitán esperaba junto con otros marineros. Ignacio subió lentamente y los dos marineros de la entrada cerraron al público y lo escoltaron. Al llegar adentro, el capitán inclinó su cabeza, haciendo un gesto de bienvenida.

—Sígame, señor —le dijo con voz amable.

Caminamos tras él y recorrimos el barco. Ignacio pasó su mano por las paredes, sin dejar de apretar la caja contra su pecho. Esta vez no pude disimular mis lágrimas, pero al mirar a mi alrededor, me di cuenta de que no era el único. El capitán lo dirigió a la borda y allí se detuvo.

—Cuando esté listo —le dijo.

Ignacio soltó un sollozo y dio algunos pasos hacia el frente hasta quedar justo en la baranda. Sacó la caja y yo me acerqué y tomé el saco vacío. La abrió, sacó un envase y quitó la tapa. Sus manos temblaban y sus lágrimas no cesaban. Miré atrás y lo que vi fue demasiado emotivo. Había alrededor de veinte marineros, creo que era toda la tripulación. Todos estaban parados y se habían quitado sus gorros, sujetándolos frente al pecho. Volteé hacia Ignacio y coloqué mi mano sobre su espalda, solo para que supiera que seguía a su lado. Estiró su brazo tembloroso y muy lentamente inclinó el envase. Dejó salir las cenizas poco a poco. El viento las movió hasta llevarlas al agua.

—Adiós, mi amada Gloria.

Hubo silencio absoluto hasta que Ignacio concluyó su momento. Cuando giró para irse, los marineros y el capitán inclinaron sus cabezas para saludarlo. Las lágrimas volvieron a inundar los ojos del hombre.

—Gracias —dijo al capitán, quien le sonrió y asintió con la cabeza—. Gracias —dijo a los marineros, recorriéndolos con su mirada—. Gracias —giró hacia mí—, muchas gracias —continuó mirándome mientras lloraba.

—No es nada —sonreí con respeto.

Ignacio comenzó a caminar y salimos del barco. Tenía la intención de dirigirse nuevamente al banco.

—Vamos al hotel —le sugerí.

—Pero si no hay habitaciones —se encogió de hombros.

—Lo resolveremos —dije esperanzado.

Caminamos de regreso al hotel con paso lento. Ninguno tenía prisa. No hablamos. De vez en cuando lo escuché sollozar. Cuando llegamos, le pedí que me esperara en el jardín. Cuando entré, el supervisor se acercó y me preguntó. Le expliqué todo lo que sabía. Fue evidente que se conmovió.

—Hazlo pasar —me ordenó.

—¿Hay habitaciones? —pregunté sorprendido.

—No para los huéspedes, pero la habitación donde descansamos en situaciones de emergencia está disponible.

Me extrañó su decisión, porque no le gustaba compartir la habitación ni con los otros supervisores. Sin esperar, me dirigí a Ignacio y lo invité a entrar. El supervisor le pidió seguirlo y yo también lo hice. Eva nos observó sorprendida desde la recepción y dio con el codo a Sofía quien miró también. Llegamos frente a la habitación, Raúl sacó la llave y abrió la puerta.

—Adelante caballero —lo dejó entrar, luego entró él y por último yo.

Le mostró donde estaba todo y lo invitó a darse un baño y descansar.

—No tengo ropa adicional —dijo Ignacio avergonzado—. No sé dónde tengo la cabeza. Venir a un hotel sin nada —intentó reír, pero no le salió.

—Trajo todo lo que necesitaba, don Ignacio —comenté.

Él me miró y dejó salir una pequeña sonrisa. Lo dejamos en la habitación y nos fuimos.

~~~~~~~~~~

Cuando terminé mi turno, fui a darle una ronda. Aproveché para llevarle de comer. Toqué la puerta tres veces y no me respondió. Toqué por cuarta vez y lo llamé por su nombre. Pegué la oreja a la puerta y no escuché nada. Pensé en buscar a Raúl para que abriera con su llave, aunque no me pareció buena idea invadir así su privacidad, pero no quería irme sin dejarle la comida. Di media vuelta y ya me iba cuando escuché la puerta.

—Disculpa —dijo Ignacio—. Supongo que necesitaba dormir —se estrujó los ojos.

—Discúlpeme usted por levantarle. Es que ya me voy a casa y quise pasar a dejarle esto —le di la comida.

—Gracias. Has sido muy amable conmigo, aunque al principio solo me seguías sin decir nada —sonrió.

—Perdón —me sonrojé.

—¿Cómo te llamas, jovencito?

—Me llamo Jorge —contesté con timidez al reconocer que al inicio no me comporté correctamente.

—Jorge, un gusto en haberte conocido. Gracias por todo lo que hiciste por nosotros. De seguro que Gloria también te lo agradece —señaló hacia arriba con su dedo índice.

—El placer ha sido mío. Espero que pueda continuar viviendo, poco a poco, pero sin rendirse.

—Lo intentaré por Gloria.

—Inténtelo por usted —añadí—, y para Gloria.

—Jumm —asintió con la cabeza.

—Bueno, don Ignacio, será hasta una próxima ocasión. Mañana estoy libre, así que aprovecho para despedirme. Puede quedarse tranquilo hasta que vengan mañana por usted. Ya todos saben que está aquí y de vez en cuando vendrán por si necesita algo, lo que sea. Solo debe decirles, sin pena —me dispuse a irme.

Ignacio dio algunos pasos fuera de la habitación, puso su mano sobre mi hombro y me detuvo.

—No tengo cómo agradecerte —me abrazó fuerte.

—Viviendo cada día con ganas —le devolví el abrazo.

Al cabo de unos segundos me soltó y entró a la habitación. Comencé a alejarme y antes de desaparecer volteé a mirar. Desde la puerta, Ignacio se despidió moviendo ligeramente la mano en el aire. También me despedí.

—Adiós, don Ignacio —le dije—. Adiós Gloria —pensé.

Ana Lÿdia

Estrías y marcas

Claudia, Mabel y Norma estaban emocionadas por los días que compartirían juntas en el hotel El Lago. Luego de mucho tiempo de haber terminado la escuela, tomar vidas separadas y de planificar cada año una salida de amigas a solas que nunca sucedió, al fin se encontraron para disfrutar de la Regata Colón del 1992. Sin hijos, sin compromisos, sin trabajo y sin responsabilidades.

—¡Es un sueño! —exclamó Norma, dejándose caer de espaldas sobre la cama del hotel.

—Espero que no sea literal, porque no pienso dormir por los próximos días —Mabel rio mientras halaba por el brazo a Norma para que se parara.

—Oye, pero déjanos llegar. Siempre con prisa. ¡No cambias! —protestó Claudia, luego se quitó los zapatos, abrió la puerta de cristal y salió al balcón.

—¡Ahí viene la salvadora! —Mabel volteó los ojos hacia arriba en señal de desacuerdo, luego rio cuando se percató de que Norma la miraba.

—¡Ay, Mabel! Deja tranquila a Claudia, no empieces. Sabes que desde que tuvo a los gemelos no ha tenido un momento para ella. Siempre anda corriendo. La entiendo —abogó Norma.

—Hubiese seguido mi consejo de devolver al menos uno de los dos. ¿Para qué quería dos iguales? Le salieron repetidos —Mabel rio a carcajadas, pero quedó silenciada por un golpe que le dio Norma con la almohada.

—¡Cállate boba! —Norma se fue al balcón.

Mabel se sobó la cabeza por unos segundos mientras sonreía. Acto seguido puso su maleta sobre la otra cama, la abrió y, en busca de la mejor combinación, comenzó a mirar algunos pantalones cortos y camisas. Afuera, Norma se paró al lado de Claudia y le dio un abrazo corto. Mabel, que justo miró, pudo apreciar ese momento y sonrió.

—No le hagas caso a Mabel, sabes que es eléctrica. Tiene demasiada energía —comentó Norma.

—Claro, como no tiene hijos —respondió Claudia— y según dice, nunca los tendrá.

—Dejen de hablar de mí, las puedo escuchar —Mabel salió al balcón.

—No es un secreto lo que decimos —Norma le dio un pequeño empujón a Mabel con su hombro y luego un abrazo de pocos segundos.

—Pues es cierto. Sí, tengo demasiada energía y no, nunca tendré hijos —movió su dedo índice para decir que no—. He visto suficiente con los de ustedes. No, gracias.

—¡Shhh! ¿Escuchan eso? —Claudia cerró los ojos y suspiró.

—¿Qué cosa? —preguntó Norma.

—¿Qué? —Mabel miró alrededor y luego se paró en la punta de sus pies para mirar por encima del hombro de Claudia.

—No hay nadie dando quejas ni peleando por el Súper Nintendo. Es el sonido de la libertad —bromeó Claudia y todas rieron.

~~~~~~~~~~

En la tarde del primer día en el hotel, las tres amigas decidieron salir a dar un paseo para ver las embarcaciones que comenzaban a llegar. También ir de compras por algún *souvenir* que les recordara esos días juntas, pues a pesar de que compartían bastante en familia, y se sentían como hermanas, era raro que salieran solo ellas.

Para hacer del encuentro algo inolvidable, aunque Norma y Claudia aún no lo sabían, Mabel tenía la idea de que el último día todas vistieran un traje de baño de dos piezas para ir a la playa. Por eso, estratégicamente las llevaría a una tienda cercana que divisó al llegar. Pensó que, si sus amigas se motivaban a hacerlo, le serviría a ella para atreverse también.

—Bueno ¿a dónde vamos primero? —preguntó Claudia, luego sacó las gafas de sol de su bolso y se las colocó como diadema para mantener el cabello en su lugar.

—Yo me iría a dormir. Hoy no quería salir, pero Mabel no pierde tiempo —protestó Norma mientras bostezaba.

—¡Ay ya! Deja la queja. Si vinimos es para hacer algo distinto —respondió Mabel a la vez que localizaba con la vista la tienda de trajes de baño—. ¡Tengo una idea macabra! —añadió.

—Esa línea ya la conozco y no me gusta nada cuando la escucho. ¡Con qué invento vendrás ahora! —expresó Norma con preocupación.

—¡Ay no! —Claudia se tapó la cara con sus manos, imaginando lo que vendría después.

Resulta que cuando estaban en la escuela, Mabel solía proponer actividades que suponían un verdadero reto, en especial para Claudia y Norma. Aunque regularmente los aceptaban, terminaban arrepentidas o metidas en algún problema del que sus padres tenían que salvarlas. De las tres, Mabel era la más atrevida y extrovertida, aunque desde que subió de peso y comenzó a sentir complejos, le costaba ser así. Sin embargo, quería evitar que las demás lo notaran, por lo que trató de actuar como de costumbre, aunque en ese momento no estaba muy segura de aceptar su propia idea.

Mabel era una mujer de treinta y nueve años, de tez blanca, mediana estatura y cabello corto ondulado. Era enérgica y determinada. Permanecía soltera y sin hijos, era coqueta y divertida. La mayor parte de su vida se mantuvo delgada, pero hacía ya unos seis años que comenzó a aumentar de peso debido a una condición de la tiroides. Desde entonces, entre dietas fallidas y las estrías que aparecieron en su abdomen y muslos, comenzó la inseguridad que trataba de vencer. Por eso, dejó de vestir provocativa y siempre que salía con alguien era muy cuidadosa de no mostrar sus marcas.

—Suéltalo ya ¿qué idea es esa? —Norma hizo su baile de "acepto", para salir rápido de la incertidumbre.

—¡Cálmate! Estás loca —Claudia rio avergonzada cuando algunas personas a su alrededor se quedaron viéndola.

Era costumbre de Norma, cuando sentía nervios por hacer o decir algo, recurrir a un baile especial para despojarse de ellos. Primero, daba un único aplauso, luego apretaba los labios, cerraba los puños a la altura de la cintura y halaba repetidamente los brazos hacia atrás, mientras marcaba con un pie "punta" hacia el frente y luego con el otro de manera rítmica. Para ella, este era un acto donde debía poner una energía que no solía tener, debido a que desde que tuvo el último de sus tres hijos -hacía ya catorce años- le era común estar cansada por el ajetreo diario.

—Se me ocurre que el último día vayamos a la playa —comentó Mabel con gesto forzado de inocencia.

—¡Hecho! —se apresuró Norma a contestar.

—No, no, no —intervino Claudia con los ojos medio cerrados en señal de sospecha— eso suena muy fácil. No pienso aceptar hasta que digas la parte macabra. Explica con detalles o no voy a ningún lado —se cruzó de brazos.

Mabel rio, conociendo que, a diferencia de Norma quien casi siempre estaba despistada, su otra amiga no sería fácil de convencer, puesto que le gustaba analizar detalladamente las situaciones. Claudia era una persona pensativa y relajada, siempre y cuando tuviera todos los datos posibles para tomar una decisión.

—Ok. Les cuento. El último día podemos aprovechar para ir a la playa.

—Ya eso lo dijiste —interrumpió Claudia—, no le des más vueltas al asunto —hizo un chasquido repetido con los dedos para apresurarla.

—Déjala hablar —Norma agarró la mano de Claudia para que detuviera el sonido con los dedos.

—Pues… —Mabel continuó— vamos a la playa todas en bikini —sonrió forzadamente, mostrando los dientes.

—¿Quééé? —Claudia dio dos pasos hacia atrás y dijo que no con la cabeza.

—¡Ya te perdimos definitivamente! —añadió Norma.

—Vamos a hacerlo, no sean así. Nos merecemos ser libres. Somos mujeres poderosas —trató de convencerlas con un discurso que en ese momento ni ella misma se creía.

—Para empezar, hace años que no me pongo un traje de baño, menos me pondré un bikini —explicó Claudia— ¿Acaso piensas que es sexy enseñar una cicatriz que va desde el cuello —señaló— hasta los pies?

—No exageres chica —Norma rio, sacó un amarre elástico y recogió su pelo.

—No eres la primera mujer con una cesárea en ponerse un bikini, ni serás la última —argumentó Mabel.

—Claro, como tú no tienes ni estrías ni marcas —refutó Claudia—. Y tú, Norma ¿te lo pondrás? Tampoco tienes una cesárea que esconder.

—No, yo no me lo pondré. No tengo una cesárea, pero las estrías no me faltan. Además, mira —levantó los brazos y los agitó en el aire, lo que provocó que la piel flácida se moviera— así mismo tengo los muslos. ¡Olvídalo!

Todas se quedaron en silencio por unos segundos.

—Bueno, ok, ok… entiendo —Mabel buscó otra forma para convencerlas—, pero entonces vamos a pensarlo. Lo que podemos hacer es lo siguiente…

—Ya sé —interrumpió Norma—, nos vamos a dormir un rato, después salimos a comer, después dormimos otra vez y listo —bostezó nuevamente.

—Ya, Norma, deja que hable antes de que te quedes dormida ahí de pie —Claudia rio.

—Exacto, déjame hablar. Vamos y escogemos el traje de baño de dos piezas que desearíamos ponernos. El último día de estadía, la que acepte el reto lo mostrará en la playa —Claudia y Norma escuchaban atentas—. Pero no podemos compartir la decisión hasta ese día en la playa. Allí nos quitamos la camisa y ahí estará la sorpresa.

Mabel terminó de hablar y se quedó callada esperando la reacción de sus amigas, pero estas se mantuvieron en silencio.

—¿Van a decir algo o vuelvo a explicar? —el tono de sarcasmo y prisa de Mabel era evidente.

—A mí me parece razonable —expresó Claudia.

—Pues a mí me parece que… —Norma hizo silencio por unos segundos, luego continuó—, tengo hambre y tengo sueño —bromeó y luego tomó seriedad—. Estoy de acuerdo. Me parece bien.

—Entonces tenemos un reto —Mabel estiró la mano para sellar el acuerdo—. Eso sí, no vengan a buscar excusas —continuaba esperando—, se supone que estos días busquen las razones para hacerlo y no las razones para negarse. ¿Es un acuerdo o no? Se me cansa el brazo caramba —rio.

Claudia y Norma estiraron su mano para alcanzar la de Mabel.

—¡Reto aceptado! —dijeron las tres a coro.

~~~~~~~~~~

Tocaron a la puerta de la habitación y Claudia quedó sentada en la cama de un brinco. Se disponía a ver quién era, pero ya Mabel estaba atendiendo al llamado. De hecho, ya estaba vestida para salir.

—Gracias —dijo al recibir el desayuno que pidió para todas.

—Mabel ¿qué rayos haces despierta tan temprano? —Claudia se estrujó los ojos.

—Aprovechar el día. Vamos a ver los barcos, pasear, hacer algo. Ayer solo nos dio tiempo a ir por los trajes de baño. Me quedé con ganas de pasear —acomodó los cafés en la mesa y abrió uno de los envases que contenían huevos revueltos y tostadas.

—Vamos a ver cómo levantas a ésta —señaló a Norma—que seguro dormirá hasta las tantas.

—Ni se inmutó cuando tocaron. De verdad que cayó como palo —Mabel abrió la cortina y dejó entrar el sol—, y además duerme malísimo. Fue una de las razones para salir temprano de la cama. Creo que estaba soñando que era karateca —rio.

—Voy a bañarme —Claudia buscó sus artículos de aseo en la maleta y algunas piezas de ropa—. Encárgate tú de la bella durmiente —se fue al baño.

El sol dio justo en la cara de Norma, quien con movimientos lentos y manteniendo los ojos cerrados trataba de esquivar la claridad. Finalmente se tapó con la almohada.

—¡Levántate princesa! Te crees de la realeza. ¡Arriba, arriba! —Mabel le quitó la almohada y le dio con ella. Luego haló la sábana y la dejó descubierta.

—¡Ayyy! —protestó—. Ni mis hijos me levantan tan temprano —se sentó en la cama.

—Sí, pero te levantan, y no precisamente para pasear. Así que aprovecha la libertad —le mostró el café para animarla.

Norma se quedó sentada en la cama por unos minutos. Abrazó la almohada y se encorvó sobre ella, buscando una posición para tomar disimuladamente un descanso adicional. Claudia salió del baño secando su pelo.

—Me di un baño de gato resfriado —comentó. Tendió la toalla en el espaldar de la cama y fue por su café—. Norma, no me digas que estás durmiendo sentada. ¡Ay, padre!

—Esta es como los caballos que duermen hasta de pie —añadió Mabel.

—Voy. Quisiera que alguno de los días aquí sea solo para dormir. Creo que no duermo hasta tarde desde hace veinte años —salió de la cama hacia el baño arrastrando los pies—. Espero que ese café esté bien cargado. Lo necesito —regresó por su cepillo de dientes y luego continuó.

Claudia tomó su desayuno y salió al balcón para aprovechar la increíble vista al mar.

—¡Mabel, corre, ven! —gritó con entusiasmo—¡Wow!

Mabel se apresuró, llevando con ella el café y una tostada.

—¡Brutal! —miró impresionada al mar.

Dos de las embarcaciones estaban entrando al muelle. Su gran tamaño las hacía notables aun desde lejos. Eran los veleros Juan Sebastián Elcano de España y el *Eye of the Wind* de Gran Bretaña. El primero era blanco, con cuatro palos veleros y la bandera de España colgando en la parte trasera. El segundo era un poco más pequeño, color negro y con una franja blanca desde la proa hasta la popa.

—Tenemos que ir a verlos de cerca —sugirió Claudia—. ¡Que espectacular!

—Hay que apresurar a Norma. A este paso llegamos allá para la próxima regata —ambas rieron.

Norma salió del baño directo a tomar su café. Luego se fue al balcón y quedó igual de impresionada. Tanto así, que se dio prisa y en menos de una hora ya habían salido del hotel para ver las embarcaciones.

~~~~~~~~~~

Caminaron por el muelle toda la mañana. Quedaron asombradas con los marcadores de proa, que eran figuras muy llamativas. En especial llamó su atención el de México, Cuauhtémoc, que desplegaba al último rey azteca. Una figura color bronce de un indio fornido, con el pecho descubierto, un escudo en la mano y portando una capa verde en forma de ave, la cual le cubría la cabeza y espalda con el plumaje. También el de la embarcación de Venezuela, la Simón Bolívar, que llevaba la figura de una mujer de bronce, el cuerpo cubierto con la bandera de su país y una espada en la mano, simbolizando la libertad.

—Esa es una señal —comentó Mabel frente a la embarcación de Venezuela.

—¿De qué tú hablas? —cuestionó Norma.

—La mujer, símbolo de libertad —señaló la figura— es una señal para que seamos libres de ponernos los trajes de baño que compramos.

—¡Ay por Dios! —dijo Claudia— ahora todo es una señal. Y aquellas piraguas —señaló el carrito de venta— ¿son una señal también? Ya sé; simbolizan el calor que hace, por lo que debemos ponernos un bikini para la playa —todas rieron y continuaron caminando.

—Me sonó el estómago —expresó Norma— ¡No puede ser! —apuntó hacia un puesto de venta de dulces típicos, donde vio las galletas cuca, sus favoritas—. Es una señal para que vayamos a comer. Amo las señales de la vida —aceleró el paso y compró varios paquetes.

—¿No vas a comprar más para llevarle a tus hijos? —le preguntó Claudia con sarcasmo, al ver la cantidad exagerada.

—¿A quién? ¿Qué hijos? —Norma trató de reír, pero le fue casi imposible con el gran mordisco que le dio a la galleta, mientras una señora la señalaba sin disimulo, cosa que a ella no le importó y siguió comiendo.

—Hablando de los hijos que dejaron por allá —intervino Mabel—, aprovechemos para salir esta noche. Dicen que habrá música en vivo. Así nos damos una bailadita —movió los hombros rítmicamente y dio unos pasos de salsa.

—Sí, botemos el moho —aceptó Claudia.

—No prometo nada. Si me da sueño, me quedo —respondió Norma todavía degustando su manjar—. ¿Gustan? —ofreció a sus amigas. Mabel tomó una.

—¡Miren, miren! —Claudia señaló a lo lejos y trató de hacerlas avanzar—. Están entrevistando al alcalde —caminó hacia él.

—¿Para dónde tú vas? —Mabel intentó detenerla.

—A decirle que arregle las calles de San Juan. Por eso voté por él. ¡Que no me haga arrepentirme!

—Tsss... ya yo me arrepentí —comentó Norma.

Mabel logró alcanzarla y la hizo regresar. Norma por su parte se había quedado pensativa frente a uno de los barcos.

—Y a ti ¿qué te pasa? —cuestionó Mabel.

—Ay chica, que no sé si de verdad quiero ponerme el traje de baño. Sinceramente quisiera, pero mira eso —apuntó de manera disimulada a una mujer en pantalones cortos y con la parte de arriba de un bikini, que exhibía un cuerpo esbelto y musculatura definida—. Jamás me veré así.

—No te compares con nadie —intervino Claudia—, eso no está bien. Cada persona es un mundo con una historia diferente.

—Cierto —secundó Mabel.

—No es solo eso. Ok, no me comparo con nadie, pero tampoco quiero enseñar el tatuaje ese que me da tanta vergüenza. El que me hice cuando estábamos en la escuela. ¿Recuerdan?

Resulta que Norma, para llevar la contraria a su madre durante la adolescencia, se hizo un tatuaje de corazón en el seno izquierdo, con una frase que decía "El cuerpo es mío", de lo cual se arrepintió cuando tuvo a su primer hijo hace dieciséis años. Ella siempre fue bastante rebelde, aunque también muy callada. Era de mediana estatura, trigueña y con el pelo largo. Por el paso del tiempo, ya el tatuaje se veía menos. Aun así, ahora con 40 años, hubiese querido no haberlo hecho.

—Ese tatuaje ya casi ni se ve. No busques excusas —comentó Mabel.

—No son excusas. Eso es solo una de las razones, la otra es que no quiero andar enseñando las estrías que son lo único blanco que tengo. Lo que es la barriga y los muslos, ufff, parecen telarañas —movió los ojos en señal de disgusto.

—Ya, nena. Suficiente —Claudia la abrazó—. Tú lo que quieres es que te digamos que eres hermosa no importan las estrías ni las marcas que tengas.

—Yo no se lo diré, porque ella debe saberlo —Mabel negó con la cabeza y sonrió.

—¿Nos vamos a la habitación? Estoy un poco cansada —Norma cambió la mirada para evitar que se dieran cuenta de que tenía los ojos aguados.

—Ok —asintió Mabel.

—Vamos, que la brisa ya me está molestando a los ojos, igual que a Norma —Claudia sonrió y le guiñó a Norma.

Las tres caminaron con pasos lentos y se abrazaron una que otra vez durante el camino. Luego pasaron la noche en la habitación y descansaron, tal como Norma lo había deseado. Esa fue la única noche que se fueron a dormir temprano.

~~~~~~~~~~

Norma se sentó en la cama, bostezó estruendosamente y se estiró. No podía creer que se sentía descansada, como hacía mucho no sucedía. Miró en la habitación y no vio a sus amigas. Se puso de pie, abrió la cortina y ahí estaban, sentadas en el balcón. Abrió la puerta y salió.

—Bella durmiente, buenas tardes —saludó Claudia.

—¡Al fin! —añadió Mabel, levantando las manos al cielo.

—¿Qué hora es? ¿Por qué no me levantaron?

—Es la 1:30 —informó Claudia.

—Te dejamos dormir, pero solo por hoy —Mabel levantó su dedo índice—, para que no tengas excusas para salir en la noche.

—Después que me tome un buen café, voy al fin del mundo si quieren —Norma entró y miró a la mesa, imaginando que habría uno esperando por ella y acertó. Tomó el café que todavía estaba tibio y salió al balcón.

—Voy a llamar a casa a ver si todo está bien. Para confirmar si esos dos no se han matado todavía —Claudia entró—. Luego voy a medirme... —se alejó y dejó de escucharse lo que decía.

Mabel y Norma estuvieron hablando mientras apreciaban el mar, hasta que Claudia las interrumpió.

—Miren chicas —hizo poses de modelaje para mostrar el traje de baño puesto.

—¡Wepa! Se te ve muy bien —opinó Norma.

—Definitivamente te ves espectacular —añadió Mabel.

—Gracias, pero no estoy tan convencida de usarlo fuera de aquí —miró su barriga.

—Pero si te ves bien. Tienes un buen cuerpo. Ojalá yo me viera así —Norma se agarró parte de la barriga.

—No empieces a compararte otra vez —Mabel mostró la palma de su mano a Norma.

—Sí, sé que tengo buen cuerpo. Buena forma, más bien. No lo dudo. Pero mira esto —recorrió con su dedo índice la cicatriz de la cesárea.

La mayor parte de su vida Claudia fue segura de sí. Siempre se mantuvo saludable y en forma. Era alta, trigueña, de cabello rizado largo, pómulos pronunciados y una bonita sonrisa. Recién había cumplido sus 40 y le gustaba vestir con ropa ceñida, pero no exponer su abdomen para no mostrar la cicatriz.

Ya habían pasado dieciséis años desde que tuvo a los gemelos. La complicación que sufrió en el parto y luego de éste, la hicieron tomar la decisión de no tener más hijos. Como le explicó su médico, en un segundo embarazo tendría que someterse a la misma operación, pues no tendría posibilidad de un parto natural. Todo fue debido a que al final del embarazo Claudia sufrió de anemia y también desarrolló diabetes gestacional, lo que provocó que el tamaño de los bebés fuese más grande de lo esperado. Para disminuir el riesgo de sangrado, se tuvo que recurrir a ese tipo de cesárea que va desde el ombligo hacia abajo. En adición, sanó de manera anormal, dejando marcas abultadas a lo largo de toda la cicatriz. Desde ese momento nació su complejo.

—Ahora eres tú la que buscas excusas —aseguró Mabel—. Todas tenemos estrías, cicatrices, marcas y lo demás que nos inventamos.

—Pero tú no tienes hijos. ¿Qué marcas podrías tener? —cuestionó Norma.

—Bueno, también tengo estrías en la barriga y muslos. Subo y bajo de peso. Soy todo un yoyo —se paró, levantó su camisa y bajó un poco su pantalón a la altura de la cadera para mostrar las estrías—. Si yo buscara excusas diría que no quiero que nadie las vea. Pero no he dicho nada de eso. Es más, no sé ni por qué estoy hablando de mí —hizo una pausa breve y luego continuó—. Claudia —se dirigió a ella—, con marcas o sin ellas te ves bien. ¿Vamos a dejar que nuestro peso y las marcas nos definan? ¿Ah? —miró a Norma—. No somos solo un cuerpo o una piel. Somos mujeres adultas viviendo lo que nos ha tocado. Tenemos una vida que es la consecuencia de nuestras propias decisiones, buenas o malas. Hemos ido ajustando nuestras metas y hemos hecho cambios planificados o no. Sea lo que sea hay que disfrutarlo. Será siempre nuestra decisión la actitud con la que enfrentamos nuestro día a día. No podemos solo agobiarnos por el qué dirán. No podemos prestarle más atención a la manera en que nos vemos, que a lo que verdaderamente somos; mujeres únicas e irrepetibles.

Claudia y Norma permanecieron en silencio, debido a que era la primera vez que Mabel decía unas palabras como esas. Por lo regular hacía chistes o cogía cualquier tema a broma. Era una de las pocas veces que hablaba con tanta seriedad. Norma había dejado salir una lágrima y la limpió con rapidez. Claudia estuvo a punto de llorar.

—Ya dejen de mirarme así —rio avergonzada—. Vamos a buscar lo que nos pondremos en la noche. Viene Víctor Manuel y eso sí que no me lo pierdo —entró.

—¿Qué fue todo eso? —Claudia sorprendida le preguntó a Norma.

—Ni idea.

—¡Las escucho! —gritó Mabel.

—Tiene un oído biónico —susurró Norma.

—¡También escuché eso!

Claudia y Mabel rieron al unísono.

~~~~~~~~~~

Era el último día de estadía en el hotel. Una de las noches disfrutaron de los vejigantes y por supuesto, asistieron a la presentación en vivo de Víctor Manuel y otros artistas, por lo cual Mabel se había quedado casi sin voz. Para evitar la prisa, y por insistencia de Claudia, dejaron todo recogido para irse a sus casas después de regresar de la playa. Salieron temprano de la habitación, muy a pesar de las protestas de Norma, y desayunaron en el salón del hotel. Afuera se encontraron con un desfile y se pararon para verlo. Pasaron unos músicos con panderos, seguidos de una banda con instrumentos de viento y percusión. Luego, los miembros de las distintas tripulaciones -todos vestidos de blanco- pasaron en tres filas muy bien coordinadas. Fue un gran espectáculo. La gente no dejaba de aplaudir.

Unos minutos después, cuando ya la algarabía se había adelantado a ellas en el camino, Mabel y Norma se acercaron una a la otra.

—¿Dónde está Claudia? —Mabel la buscó con la vista por los alrededores.

—No sé. Dejé de verla hace un rato —puso su mano sobre el nivel de los ojos para taparse del sol y poder ver mejor—. ¡Oh, mírala allí! —apuntó con el dedo.

—¿Qué rayos hace? —comenzó a caminar hacia ella y Norma la siguió.

Claudia se encontraba detrás de un grupo de personas que estaban siendo entrevistadas por un reportero. Saludó a la cámara agitando la mano y de vez en cuando marcaba un "dos" con los dedos y sonreía.

—¡Muchacha! —Mabel la haló por el brazo.

—¡Ayyy! —se quejó y se sacudió para liberarse, lo que quedó grabado en televisión para la historia.

—Estaba saludando a los nenes. Seguro que me estaban viendo —explicó con una sonrisa.

—Si claro, jaja. Esos están pegados al Súper Nintendo. Lo menos que ven son noticias —aseguró Norma.

—Bueno, entonces saludé a los tuyos —expresó con risas.

—Menos aún. Esos tienen que estar afuera en el patio o en casa de los vecinos, para que mami no los ponga a hacer nada en la casa. Es lo único que no les gusta de la abuela, jaja.

—Ya, dejen de hablar tanto y caminen —intervino Mabel—. Sigamos para la playa.

Continuaron por el Viejo San Juan para llegar a la playa del Escambrón, frente al Parque Luis Muñoz Rivera. De camino, pasó un carro con unos chicos de entre 30 a 35 años, que se les quedaron viendo. Uno de ellos asomó la cabeza fuera del auto y silbó.

—¡Encontré al amor de mi vida! ¡Qué hermosa es! —gritó, lanzando un beso al aire.

Todas se miraron incrédulas y continuaron. Mabel sonrió levemente sin que las demás se dieran cuenta, luego volteó a mirar, pero ya se habían alejado bastante. Sin embargo, notó que uno de ellos continuaba mirando.

—Eso fue para ti, Mabel —aseguró Norma.

—¿Y por qué para mí? Serán ustedes invisibles.

—Quizás fue a ti, Norma —dijo Claudia.

—O a ti —Mabel se dirigió a Claudia.

Se escuchó un silbido a lo lejos y las tres amigas voltearon a ver. Uno de los muchachos bajó del auto y se acercaba corriendo, mientras los otros lo amenazaban con dejarlo si no viraba en ese instante.

—Me gustaría volver a ver esa linda sonrisa —dijo agitado por la carrera y le dio a Mabel un pedazo de papel con un número de teléfono escrito en él.

Ella lo cogió incrédula y no dijo nada. Durante el resto del camino sonrió hasta sola, mientras Claudia y Norma estuvieron haciendo comentarios y bromas sobre el encuentro.

~~~~~~~~~~

Finalmente llegaron a la playa. Se sintieron un poco abrumadas con la cantidad de gente que había.

—Creo que están regalando algo —comentó Mabel—, esto está lleno.

—No pensé que hubiese tanta gente —expresó Claudia.

—Ni yo —añadió Norma—. Pensé que todos estarían en las actividades de los barcos.

En ese momento mostraron una leve timidez que puso en entredicho si se atreverían a cumplir el reto. Entraron al balneario y buscaron una sombra para sentarse, pero no encontraron ninguna disponible.

—¿Y si nos vamos y venimos otro día? —sugirió Norma.

—¿Qué? ¡Te patina el coco! —respondió Mabel casi sin dejarla terminar.

—No, Norma, claro que no. Tanto tiempo para poder encontrarnos a solas. ¿Crees que se repetirá así de fácil? —Claudia se detuvo en un espacio que consiguió libre, aunque era bajo el sol.

Mabel sacó de su bolso una toalla grande y la puso en la arena.

—Creo que cabemos todas, aunque estemos trincas. Tengo otra toalla más pequeña para secarme.

—Bueno, entonces vamos al agua —sugirió Norma quien se disponía a ir con la ropa que llevaba puesta.

—Espera, espera, espera —Mabel movió la cabeza de un lado a otro en negación—. Quítate todo eso y muestra tus curvas —la señaló de arriba hacia abajo tratando de esconder sus propios nervios.

—Lo había olvidado. No me puse el traje de baño.

—¿Cómo? ¡Mentira! —Claudia la miró con sorpresa.

—Bromeo —confesó Norma, se quitó el pantalón y mantuvo su camisa—. Pero no me quitaré nada más si ustedes no lo hacen. Ya dejé mis estrías al aire —modeló sus piernas.

Claudia se quitó la camisa y se dejó un pantalón corto bastante alto en la cintura, que casi le llegaba al ombligo.

—No pienso enseñar la barriga. Me niego. Te toca —señaló a Mabel.

—La verdad no estoy muy convencida.

—¿Cómo no? Si fue tu idea —Norma no podía creerlo.

—Sí, fue mi idea, lo sé. Sí quiero, pero más bien esperaba motivarme si ustedes se atrevían.

—Mabel ¿nos diste todo ese discurso para ahora no aplicártelo? —Claudia se sentó a su lado.

—Cierto Mabel. Nosotras ya nos quitamos la mitad y tu nada. ¿Qué pasó con toda esa motivación? —añadió Norma.

143

—Quería lograr que ustedes se atrevieran. Eso me daría fuerzas a mí.

—Bueno pues...a ver si es verdad —Claudia se paró con determinación, se quitó el pantalón corto y se quedó en bikini.

Era la primera vez, desde que tuvo a sus hijos, que mostraba su cuerpo y sus marcas en público. Se sentía liberada. Era como si algo se hubiese desbloqueado en ella. La satisfacción y el poder que sentía eran inexplicables.

—No te dejaré sola —Norma se quitó la camisa, pero no quiso ni moverse, pensando que la estaban mirando. Sin embargo, en su interior, estaba complacida por lograrlo.

Mabel se puso de pie y se rascó la frente. Estaba tan nerviosa que su cara se sonrojó.

—Me quedaré con la camisa —se quitó el pantalón—. En otra ocasión quizás me atreva —se volvió a sentar.

Norma y Claudia se miraron.

—Está bien. Te entendemos —Claudia trató de ser solidaria—. Vamos a meternos —se dispuso a ir al agua.

—No. No entendemos nada —Norma se puso las manos en la cintura.

Claudia se detuvo e hizo señas a Norma para que la dejara tranquila.

—No, Claudia. No. No me hagas señas para que me calle —volteó a mirar a Mabel—. ¿Tú sabes lo que me cuesta estar aquí parada con mi cuerpo expuesto? Nunca, ni antes de mis hijos, ni de joven me puse un bikini. ¡Un bikini! Ni siquiera es un traje de baño completo. Son dos piezas que dejan descubiertos todos mis complejos. Porque son solo eso, complejos. Te creí cuando dijiste que no somos solo cuerpos y marcas. Eso no nos define. Por eso lo hice. Gracias a ti y a esas palabras me atreví. ¡Mírame! —señaló su barriga—. Esto es solo parte de mi historia, pero no me define. ¿Y esto? —agarró la flacidez de sus brazos— ¿Esto me hace menos? ¡No! Ni siquiera dice quién soy en mi interior. Mabel, sé que todo lo que dijiste no fue solo por decirlo. Yo te creí y sé que tú también lo crees. Así que deja los nervios y toma el control. Cumplir este reto no es solo pasar un día de playa, significa atrevernos a vivir, a disfrutar de los momentos que añoramos tanto cuando estamos en la rutina diaria que nos consume. Es volvernos a encontrar.

Mabel comenzó a llorar y Norma hizo silencio. Claudia permanecía perpleja frente a ambas y algunas personas que se encontraban cerca, también estaban anonadados con las palabras de Norma. Ella no los vio, pero no dejaron de asentir con la cabeza y una mujer que estaba a unos metros de distancia, aplaudió y se quitó la camisa que cubría su traje de baño enterizo, ante la mirada atónita de sus acompañantes.

Mabel se puso de pie y se quitó la ropa que cubría su bañador.

—Mabel, estoy orgullosa de ti. Orgullosa y agradecida —Norma la abrazó.

—Estamos agradecidas, porque yo también lo estoy —añadió Claudia—. Gracias por recordarnos quienes somos.

—Este será un día para la historia —comentó Mabel.

—Sí, el día en que las tres nos atrevimos a usar bikini —expresó Claudia.

—No. El día en que alguien me conmovió hasta hacerme llorar —Mabel secó sus lágrimas y todas rieron.

Norma, Mabel y Claudia caminaron en la playa sin pensar en sus complejos. Entraron al agua y se divirtieron el resto del día. Rieron, hablaron y disfrutaron de su tiempo juntas, sin imaginar que de ahí en adelante se convertiría en una tradición de amigas. Aunque la mayoría de las veces las acompañaban los gemelos de Claudia, los tres hijos de Norma y la hija que dos años después, tuvo Mabel.

Ana Lÿdia

Fin...

Ana Ljdia

www.ingramcontent.com/pod-product-compliance
Lightning Source LLC
Chambersburg PA
CBHW021222260626
47172CB00002B/550